ハヤカワ
時代ミステリ文庫
〈JA1435〉

掟破り　陰仕《かげづか》え 石川紋四郎 2

冬月剣太郎

早川書房

8527

目次

第一章　陰の悩み……7
第二章　陰の顔……65
第三章　陰の耳……89
第四章　陰の女……121
第五章　陰の男……143
第六章　陰の立役者……171
第七章　陰の糸……195
第八章　陰の謀《はかりごと》……226

第九章　陰の運命……264
第十章　陰の掟……291
第十一章　陰の遺言……305

掟破り　陰仕《かげづか》え　石川紋四郎2

登場人物

石川紋四郎…………………………（薄毛に悩む）剣の使い手。美食家
さくら……………………………紋四郎の妻。好奇心旺盛
歌川国芳…………………………絵師。火事場がめっぽう好き
幻蔵………………………………幕府御庭番
石川大三郎………………………紋四郎の父
石川光之進………………………紋四郎の弟
石川剣死郎………………………紋四郎の兄
とし………………………………大三郎の妻。故人
あき………………………………大三郎の愛妾。光之進の母
みさ………………………………石川家の下女
お春………………………………縄暖簾〈十五夜〉の女将
月次朗（小次郎）………………〈十五夜〉の料理人
安藤万民…………………………〈十五夜〉の常連客
蝶丸………………………………さくらが〈十五夜〉で出会った女
のり………………………………雌猫

第一章　陰の悩み

一

石川紋四郎《いしかわもんしろう》は猫が嫌いだった。

幼少のころ愛犬を飼っていたが、その犬に死なれてあまりの哀しみを味わって以来、金輪際、飼うまいと心に決めていた。

猫はずっと苦手だった。

幼いころから紋四郎は庭でさえずる雀《すずめ》をわが心の友と親しんできたが、ことあろうに猫は、その雀をくわえて目の前を横切ることがしばしばあった。

だから、どうしても猫を好きになれなかった。

しかし今、その猫が紋四郎の膝のうえで安らかに眼を閉じたまま気持ちよさそうな寝息をたてている。

極上の海苔のように艶やかな黒い光沢を放つ毛なみの雌猫だった。

その名も「のり」という。

元の名は「くろ」だったが、海苔好きの紋四郎がその毛なみの強い印象から「のり」と命名したのであった。

といっても、紋四郎の猫嫌いは相変わらずだった。

ところがどういうわけか、のりは紋四郎をことのほか気にいっていて、歩くのに難儀するほど足元にまとわりつき、座せば待ちかねたように膝に乗ってくる。

紋四郎にしてみれば、たしかに海苔は大好物であるが、猫《のり》にここまで慕われるのは、いささか迷惑なことなのであった。

半年ほど前、妻のさくらが子猫ののりをもらいうけてきて飼いたいと言いだしたときは、声を大にして猛反対した紋四郎だったが、のりの憎めない甘えん坊ぶりにすっかり籠絡《ろうらく》されてしまい、今では天鵞絨《ビロード》のようになめらかな毛なみを撫でることに無上の喜びさえおぼえるようになっていた。

だが、のりを飼うことを猛反対した手前もあり、猫の可愛さにデレデレする情けない姿を妻に見せるわけにはいかなかった。

そのため常日ごろから、のりを愛《め》でるときは誰にも見られぬよう気を配っていた。

今朝、さくらは朝早くからいそいそと出かけていき留守だった。

紋四郎は思う存分、心ゆくまでのりと遊びほうけ、のりはさすがに遊び疲れたのか、こうして膝のうえで眠っている。

文政四年（一八二一）晩春――

満開を咲き誇り、薄桃色の花びらを惜《お》しみなく乱舞させていた庭の桜の木々も、今では素知らぬ顔で青々とした緑の枝葉を青空に広げて、まるで別人のような風情《ふぜい》を呈している。

「それは、ここに立てるのよ。もっと右、そうそう……」

物を運ぶ音や人のざわめきが響くなか、門のほうからさくらの声が聞こえてきた。

「ついに始まるか……」

母屋《おもや》の奥の間にいた紋四郎は、諦《あきら》めと困惑の入りまじった複雑な気持ちでつぶやく。

戸口でぱたぱたと小刻みな足音が聞こえ、あわただしく履き物を脱ぐ気配がした。

さくらにちがいない。

紋四郎は急いでのりを膝からおろす。

のりがフニャアと不満げな声で鳴いた。

「殿さま、支度が調いました」

さくらが勢いよく襖《ふすま》を開き、満面の笑みを浮かべて入ってきた。

すでに二十歳《はたち》を過ぎているにもかかわらず、小さな顔にはまだ童女の面影《おもかげ》を残している。とくに笑顔には、なんとも言えない無垢《むく》なあどけなさがあった。眼を細めて微笑《ほほえ》むと、この世に幸《さち》をあまねく広める菩薩《ばさつ》のような面《おも》ざしになった。

「そうか」

紋四郎は言葉少なに答え、腰をあげた。

足早に先を急ぐさくらのあとに尾《つ》いていく。

母屋から出て門の前まで行くと、絵師の歌川国芳《うたがわくによし》と下女のみさが待ちかまえていた。ほかに物見高い町人たちの姿もあった。

「これを見てくださいませ」

さくらに誘《いざな》われて門の外に出た紋四郎は、左脇に立てられた「よろず難題相談所」の看板を目にした。

「よろず難題相談所」とは、なんとも大風呂敷を広げたものだが、「難儀している事や揉《も》め事《ごと》の相談なら、なんでも乗ります」という意気ごみで、さくらが名づけたものであった。

当初は「よろず相談所」だったのであるが、途中からさくらが強硬に主張したため

「よろず難題相談所」に相成《あいな》った。下に「無料」と添え書きしてある。

看板の文字は、さくらにせがまれて紋四郎が渋々ながら揮毫《きごう》した。

「惚《ほ》れ惚《ぼ》れするような見事な筆づかいじゃねえか。これなら、どんな難題だって解決してもらえそうな気がするよな」

町人たちのなかから、そんな声があがっていた。

お世辞だとわかっていても、紋四郎の頰《ほお》はゆるんでいる。

ところが門の右脇に目をむけて、紋四郎は仰天《ぎょうてん》した。

「な、なんだ……これは……」

そこには、なんとも禍々《まがまが》しい彩りの炎熱地獄の絵が立てかけられてあった。

描いたのは、歌川国芳に相違あるまい。

かくも品性下劣な炎熱地獄の絵図こそ、国芳のもっとも得意とするところだからである。

なにしろ炎熱地獄絵を染めつけたどてらに三尺帯を締めて得意気に江戸の町を闊歩《かっぽ》するような男なのだ。

「姉ごから、客寄せの絵を描いてくれって頼まれてね。だったら、これっきゃねえよなあ」

国芳が自信満々の笑顔で紋四郎に話しかけてきた。さくらより二歳年上だが、さくらのことを「姉ご」と呼ぶ。

紋四郎にしてみれば、自分の女房を「姉ご」などとなれなれしく呼ばれるのは、はなはだ不愉快きわまりないのだが、どんなに顔をしかめて見せても、鈍い国芳はいっこうに気づく様子がない。

「まがりなりにも武家の門前だ。かように見苦しい絵は、すぐに取りはらいなさい」

これでは、まるで見世物小屋の軒先ではないか。

だが、こともあろうに国芳は、屋敷の主《あるじ》である紋四郎に刃むかってきた。

「おいおい、馬鹿言っちゃあいけねえよ、旦那ぁ。どう考えたって、うってつけの絵じゃねえか。人ってのは、ひょんなことからこの絵のように、阿修羅《あしゅら》や畜生《ちくしょう》、餓鬼《がき》みてえになっちまう。姉ごは、そんな哀れな連中のためにひと肌脱ごうとしてるんじゃねえか。この絵は客寄せには、ぴったりだぜ」

啖呵《たんか》を切って紋四郎をにらみつける国芳は、相手が武士で自分が町人であることなど、まったく意に介さないようだった。

国芳は、さくらがのりを飼うことになったきっかけをつくった男だ。

以来、ひんぱんに屋敷にやってくるようになった。

図々しくもわが家のようにあがりこんで、さくらと気安く言葉をかわしていた。

しかも、主の紋四郎に対して敬語のひとつも使わない。

そのうえ、ときにはさくらの相棒よろしく連れだって外出することすらある。

国芳は面長《おもなが》な色白の顔をした美男であり、鯔背《いなせ》な雰囲気は紋四郎のおよぶところではない。

焼きもち焼きの紋四郎にしてみれば、国芳のすべてが気にさわってしかたなかった。

「殿さま、よろず難題相談のことは、万事わたくしにおまかせくださるとお約束してくださったではありませぬか」

口をとがらせたさくらが恨めしそうに紋四郎を見あげた。

その愛らしい表情に紋四郎の固いはずの意志が、とたんによろめいてしまう。

さくらの眼はしゃべりながら、さまざまな色を浮かべる。

驚くべきは、眼の色だけで興味、憐《あわ》れみ、驚きといった、ありとあらゆる感情を表現してみせることであった。

「うっ……たしかに約束したが、されど、この絵はちょっと……」

紋四郎が返事に窮《きゅう》していると、さくらは眼におねだりするような色を浮かべて追いうちをかけてきた。

集まっていた町人の一人が声をあげた。

「モンシロの旦那。国芳さんの絵、悪くねえと思いやすぜ。今どきは、これぐれえ派手にやらかさにゃあ、人目を惹《ひ》くことなんざできませんぜ」

自称「世を憂《うれ》えるだけのぼんくら侍」、要するに浪人の身でありながら、妻の実家からの仕送りで食べ歩きを趣味とする紋四郎は、町人たちから「モンシロの旦那」と呼ばれていた。

もちろんのこと、「モンシロ」は「紋四郎」を縮めた呼び名であり、まかり間違っても紋白蝶《もんしろちょう》のように小さくて儚《はかな》い髷《まげ》をほのめかしているのではない。

ただし口さがない連中は、紋四郎のことを陰で「ハゲモン」と呼んでいた。いずれも紋四郎行きつけの縄暖簾《なわのれん》『十五夜』の常連客たちで、こちらは本人がもっとも気にしている髪の毛の薄さをからかってのことであった。

「人生の難題に悩む者たちにゃあ、ぐっとくる絵じゃござんせんか」

「あっしもそう思いまさぁ」

ほかの町人たちも口々に国芳の絵を褒めた。

思いのほかの褒め言葉でここまで援護されてしまうと、紋四郎もそれ以上はなにも言えなくなってしまった。

国芳は勝ち誇ったように得意気な顔をしているが、おそらく国芳の絵がどうのこうのというよりも、さくらの人柄によるものだろう。ほがらかな性格のさくらは、町人たちからの受けもよく、すぐに味方につけてしまうのであった。

しかも「よろず難題相談所」の件では、さくらに逆らえない事情もあった。

昨年、紋四郎はわけあって幼なじみの松本針之介《まつもとしんのすけ》と刃《やいば》をあわせることになった。死闘のすえ、なんとか針之介を討ち果たしたものの、実質的には相討ちだった。紋四郎も瀕死《ひんし》の重傷を負ったからである。

十日ほど生死の境を彷徨《さまよ》い、さらにひと月近く床に伏せっていた。

その間のさくらの寝ずの看病は、妻とはいえ、紋四郎にとって感謝の念にたえないものであった。

そこでようやく床離れしたある日、紋四郎はさくらに対する深謝の気持ちとして、なにか欲しい物はないかと訊ねた。

もろもろの困難を乗りこえて晴れて夫婦《めおと》になって以来、さくらはずっと丸髷に赤珊瑚《あかさんご》の玉簪《たまかんざし》を挿《さ》していた。紋四郎が、さくらの気を惹《ひ》くために贈ったものだった。

今回、少々値の張った簪でも買ってやろうかなどと考えていたところ、意外や意外、さくらはなんと江戸の困り果てた人々のために「よろず相談所」をやらせてほしいと申してできたのであった。

しかも無料でやると言うのである。

たしかに、さくらの実家は大森の大店《おおだな》の海苔問屋で、今でも申し分のない仕送りがあるので生活に困るということはなかった。

紋四郎は、この思いもよらないさくらの申し出を認めるべきか否か、大いに迷った。

世のため人のためというさくらの殊勝な心意気を頭ごなしに打ち消してはならぬとも考えた。

しかし、表向きは「よろず相談」と言っているものの、その裏に隠されているさくらの本当の魂胆《こんたん》は丸見えだった。

さくらは、血が騒ぐような難事件をみずからの手で解決したいと思っているのである。

たしかに今の世は天下泰平を謳歌《おうか》しているけれども、この大江戸八百八町では、毎日のように盗みや押しこみ強盗、さらには人殺しなどが頻発《ひんぱつ》している。

そのなかには解決が非常に難しい事件も少なくなかった。

下手人がまったく見つからない怪事件もあった。

紋四郎が察するところ「よろず相談所」の看板を掲げておけば、いずれはそういった類《たぐい》の難事件が転がりこんでくるのではないかと、さくらは秘かに期待しているのだ。

勇み足で「難題」をつけ足したのも、うなずけるというものである。

さくらは好奇心がすこぶる旺盛《おうせい》で、いったん関心をよせるや、じっとしてはいられなくなる性分である。

困ったことに、危険をともなう事件であればあるほど興味をしめす傾向があった。

とくに殺しには尋常ならざる関心をよせており、実際、昨年起きた読売殺しでは、紋四郎の目を盗んで、みずから動いて事件を解明しようとした。

あのときは、どれほど紋四郎の心胆を寒からしめたことか。

しかし、今回の「よろず難題相談所」の件は、紋四郎から言いだしたことがきっかけでもあり、気は大いに乗らないものの、さくらの熱意にほだされた形で認めざるをえなかった。

しょせんは「よろず相談」であり、さくらが秘かに期待しているような深刻な「難題」など持ちこまれるはずはない、とたかをくくっていたのだが……

二

石川紋四郎の屋敷は高輪南町《たかなわみなみちょう》にある。

百五十坪あまりの敷地の右寄りに住み心地のよさそうな母屋が建てられていた。

母屋の戸口に入ると土間があり、そこから取次の間へとあがり、さらに襖で仕切られた中の間へと進む造りになっている。

さくらに執拗《しつよう》にせがまれて、紋四郎は「よろず難題相談」をこの中の間で受けつけることを許してしまったのだが、胸のうちでは相談客が来ないことを読経《どきょう》のようにくりかえし祈りつづけていた。

「難題相談が今日から始まるかと思うと、わくわくいたします」

初日、紋四郎の胸中も知らず、さくらは屈託のない笑顔を浮かべて小躍りせんばかりであった。

が、幸いというか、紋四郎のせつない祈りが天に届いたのか、相談客は数日おきにぽつりぽつりと来るばかりで、相談内容も親子喧嘩やとなり近所との諍《いさか》いの類で、難題と呼べるような事件はいっさいなかった。

「いったい、どうしたことでございましょうか……」

中の間のさらに奥にある書斎で紋四郎が趣味としている食べ歩き日誌『美味《びみ》尽《づ》くし徒《つれ》

然草』の筆を走らせていると、さくらが曇り空をそのまま映しだしたような面ざしで入ってきた。

　日々、さまざまな事件が引きも切らぬ大江戸八百八町とはいえ、そう容易《たやす》く難題をかかえた相談客が飛びこんでくるはずもないのだが、やる気満々だったさくらは、どうにも納得がいかない様子であった。

　さくらの提案で、なにか問題が起こらない限り、紋四郎は書斎に引きこもったまま顔を出さない決まりになっていた。

　しかし、さすがにさくらもひまを持てあましたらしく、話し相手を懇願《こんがん》されて紋四郎も中の間に腰をおろす羽目《はめ》になった。

　二人で所在ないまま、たわいのない世間話を重ねているとき、ふとさくらの表情に暗い翳《かげ》がさすのを紋四郎は見逃さなかった。

　今年に入ってから、さくらの憂鬱《ゆううつ》そうな顔を見かけることがたびたびあった。

「もしや、御身《おんみ》こそ深刻な難題をかかえているのではあるまいな」

　紋四郎は覚悟を決めて愛妻の顔を凝視《ぎょうし》した。

　さくらは、つかのまの動揺を露《あら》わにしたものの、すぐさま満面の笑みを浮かべてそれを打ち消した。

「殿さまったら、急に恐い顔をなさったかと思えば、なにをおっしゃるのですか。わたくしに悩みなど、いっさいございません。しいて悩みといえば、甲斐《かい》のある相談客が来ないことでしょうか」

さくらに誤魔化される紋四郎ではなかったが、反論しようとした矢先、歌川国芳がいつもの脳天気な調子でずかずかと中の間に入ってきた。

まるでおのれの家にいるかのようなふるまいである。

「今日も相談客、来ねえなあ。ところで姉ご、のりはどうしてる」

大の愛猫家であり、江戸一の猫通を自任する国芳は、さくらと顔をあわせるたびに猫の話をしようとする。

話題の主であるのりは、縁側で腹這いになって四肢《しし》を投げだしたまま寝そべっていた。まさか紋四郎の寝相《ねぞう》の真似をしているわけでもなかろうが、おりから射しはじめた陽光を浴びて黒い毛なみが艶々と輝いている。

国芳は紋四郎がいるにもかかわらず、さくらになれなれしく巻き舌で話しかけている。

「のりも、そろそろ色気づいてもおかしくねえ年ごろだよなぁ。器量よしだから、お近づきになろうとする雄猫も少なくねえだろう。が、のりは、まだおねんねだ。雄の見分け方なんざわからねえだろう。つまんねえ野良猫にたぶらかされでもしたら、それこそ目もあてられねえからなぁ」

（こら、国芳。つまらない野良猫とは、おまえのことではないか！）

と、ハッキリ言ってやりたかったが、さくらのいる手前、紋四郎はかろうじて我慢した。

「あら、国芳ったら、まるで父親気どりね。安心して。まだそれらしい雄猫が近づいてくる様子はないから」

さくらが、いかにも可笑《おか》しそうに言葉を返した。

おたがい親しみのある者同士ならではのやりとりだった。

しかも町人言葉だ。

さくらは、今でこそ武家の妻であるが、元はといえば、大森にある海苔問屋の娘だから町人言葉はお手のものだ。

紋四郎の胸の奥で嫉妬の炎が音もなくめらめらと燃えはじめる。

大の猫好き同士、猫の話となると二人の弁舌はとどまるところを知らない。

「いや、安心できねえ。人間も猫も、男女のなりゆきは同じさ。気がついたときにゃあ、のりも盛りがついちまって、いつのまにか腹がでかくなって、ふた月もしたらニャアニャア、どこの猫の骨ともわからねえ子猫をご出産ってわけだ」

猫好きの国芳にかかると、人も猫も一緒くたにされてしまう。

そこまでは許すとして、国芳の弁をさらに深読みすれば、さくらとの今後のなりゆきをほのめかしているように聞こえないでもない。

二人のやりとりを聞いているだけで、胸の動悸が激しくなるのをおぼえた。

（……おっとっと……）

紋四郎は、はっとして息を呑んだ。

知らず知らずのうちに、いつもの癖で鬢《びん》を指先で梳《す》いていたからだ。

どういうわけだか、子供のころから気持ちが乱れると、ついそうしてしまうのだった。

指先をしげしげと眺《なが》めると、

（……毛が……三本……）

指先の髪の毛を見て、紋四郎は言いようのない情けなさに襲われた。

紋四郎は二十歳《はたち》になったころから急に髪の毛が抜けはじめた。

まだ二十八歳であるが、申し訳ていどに残っている後ろ髪で小さな髷《まげ》を結《ゆ》っていた。

幼なじみの松本針之介などは、まるで紋白蝶がとまっているように見えると言って、ことあるごとに「モンシロ髷、モンシロ髷」と囃《はや》したてた。

（もしかしたら、来年は髷が結えなくなっている……かもしれない）

そう考えるだけで、身の毛のよだつような思いがした。

幼いころから顔だちのよさをもてはやされ、本人も美男気どりでいただけに、こんな落とし穴があったとは……。

なんとしても髷が結えなくなる事態だけは避けたかった。

そのうえ近ごろでは、まるでとどめを刺すがごとく父親の大三郎《だいざぶろう》から、髷が結えなくなったら家督を弟の光之進《こうのしん》に譲って隠居するよう言い渡されていた。

残り少ない髪の毛を保持するためにも、一本の抜け毛もおろそかにはできなかった。

ところが生来の焼きもち焼きゆえ、妻と国芳のやりとりを聞いているうちに、思わず嫉妬にかられて鬢をいじり、そのたびに二、三本の毛を抜いてしまうのだった。

仮に鬢を一日一度いじれば、一年で千本近くが抜ける勘定になる。

大切な髪の毛を守るためにも、目の前でさくらと国芳が楽しそうに会話するなど断じてあってはならないことなのであった。

とはいえ、紋四郎にも面子《めんつ》というものがある。

抜け毛が心配だから「あの男《もの》とはつきあうな」とは、さすがに言いだせなかった。

紋四郎ののっぴきならぬ悩みなど知るよしもないさくらは、ありふれた世間話でもするように国芳にむかって楽しげに返事をした。

「あら、可愛い子猫が生まれるなら、どんな雄猫が相手だっていいじゃない」

その言いようからは、国芳に対する格別な思い入れは感じられなかったので、ひとまず救われた気持ちになった紋四郎だが、国芳の次なる弁舌は許しがたかった。

「そりゃあ駄目だ。のりみてぇな艶やかな毛なみの猫は滅多にいるもんじゃねえ。のりにふさわしい毛の豊かな婿《むこ》を迎えてやらなくちゃ」

猫の体毛と人間の毛髪はまったく別物だから、そんなにこだわる必要はない——髪の毛に不安のない者はそう考えるやもしれないが、年ごとに寂しくなる毛髪に危機感を抱いている紋四郎にしてみれば、猫になぞらえて嫌味を言われているとしか思えなかった。

「国芳、のりの話はよくわかったわ。そんなことより、ここで油を売ってる間にもお客が訪ねてくるかもしれないわ。さっさと持ち場にもどりなさい」

国芳は下女のみさと一緒に、訪ねてきた相談客を中の間に案内《あない》する役目をおおせつかっていたのである。

「ちぇっ、のりにとっちゃあ大事な話なんだけどなぁ」

国芳は残念そうに舌打ちして出ていった。

昼四ツ（午前十時）近くになり、暖かな陽射しが座敷に射しこんでいた。

さくらが欠伸《あくび》をこらえるように口元に手をあてた。

ぽかぽかした春の陽気に誘われたのか、庭では二匹の紋白蝶が戯れあうように飛びまわっている。

その後も相談客の来る気配はなかった。

さくらは、なにを思ったのか突然、膝をまわして紋四郎にむきなおった。

「殿さま、このところお顔の色が冴えぬようにお見うけしまする。なにかお悩み事でもおありでは？」

紋四郎は思わず体をぴくりとさせた。

さすがは、わが妻である。

じつは昨今、髪の毛以外にも気がかりな一件があったのである。

「もしもお悩みの種があるのでしたら、お気がねなくお話しいただけませんか。わたくしでお力になれるものなら……」

「おいおい、なかなか相談客が来ないので、まさか、それがしを相手に相談客をあつかう稽古でもするつもりか」

紋四郎は、なんとかさくらの申し出をはぐらかした。

この件だけは、さくらには話せなかった。

髪の毛の悩みなど、たわいもないことで気を揉んでいるように見える石川紋四郎であるが、じつは恋女房のさくらにも、いや、なんぴとにも言えない重大な秘密を抱えているのであった。

気がかりになっているのは、その秘密に関わることだった。

半月前、紋四郎が所用で父、大三郎の屋敷を訪れたとき、旅の修行僧を見かけた。土埃《つちぼこり》まみれの顔をしていたが、紋四郎にはその顔に見憶えがあった。

しかも、以前見かけたときは百姓のなりをしていた。

姿形を変えて大三郎の屋敷に出入りするのは、ただならぬ事情があるにちがいない。

ところが大三郎は紋四郎に水をむけられても、軽く聞き流しただけだった。

（なにかある……）

紋四郎は気になってしかたがなかった。

その気がかりは、日が経つにつれてふくれあがり、今では、どうしようもないわだかまりとなって紋四郎の心のなかで渦巻いていた。

三

「ナニィ〜、難題を抱えてるって？　ただの相談じゃなくて、難題相談だよね。そうこなくっちゃ。どんな難題だって、大船に乗ったつもりで、まかせときな。ささっ、みさ、お客さまをご案内して」

門のほうから国芳の素《す》っ頓狂《とんきょう》な大声が聞こえてきた。

「もう、国芳ったら、なにが大船に乗ったつもりよ。ったく、調子がいいんだから」

さくらは困惑混じりにつぶやいたが、いよいよ待望の難題相談とあって、喜色満面である。欣喜雀躍《きんきじゃくやく》の表情と言ってもさしつかえないかもしれない。

さっと両手を伸ばして紋四郎の手をぎゅっと握りしめた。

「お、おい……」

紋四郎は思わず頬を紅潮させて照れる。

夫婦となって早四年経つが、新婚当初のうぶな気持ちは、いまだ変わらない。

戸口でみさの声が聞こえ、三十路《みそじ》とおぼしき女が中の間に案内されてきた。

今年、三十一歳になる下女のみさは、十三年前から石川家に奉公している。

子供のころ突然言葉を失い、以来口がきけないが、利発なうえによく働き、おまけに達筆であった。美しく読みやすい文字を素早くしたためることができるので、紋四郎たちとの意思の疎通は筆談でこと足りた。

おずおずと中の間に入ってきた相談客は、折り目正しい仕草で腰をおろした。ひと目で武家の女房とわかる。渋い色目の小袖に、これまた控えめな色味の帯を締めていた。着飾りにはまったく関心がないように思われた。

肉づきにとぼしく、女らしい丸みの感じられない体つきをしている。顔も細長く狐目で、頰が少しこけていた。唇も乾いていて生気にとぼしかった。ぼってりと腫《は》れた瞼《まぶた》が、あたかも昨夜ひと晩中、泣きとおしたような眼をしていた。

虚ろな赤眼を覆い隠さんばかりだった。

そんな女のたたずまいを前にして、紋四郎は見てはならぬものを見てしまったような、いやな予感がした。

おそらく、この女は町奉行所の役人の女房だろう。

そんな匂いがする。

そして人生の不幸を一身に背負っている……

「どのような難題のご相談でおいでになったのですか」

紋四郎の気も知らず、さくらが満面の笑顔で訊ねたとたん、女は呻《うめ》きにも似た声をあげて泣き伏した。

息苦しさをおぼえるほど重く、せつない泣き声だった。

紋四郎は女の泣く場に居あわせるのが苦手だった。

いやがおうでも動悸が高鳴るのを感じた。

「泣いていては相談になりません。なににお困りなのかお話しくださいませ」

さくらは予想外の展開に驚きつつも、期待に胸がふくらむのを隠しきれず襟元に手を添えた。

女は、ひくっと喉を鳴らせて泣きやみ、さくらにむかってゆっくりと顔をあげた。

「わたくしは北町奉行所の定町廻り同心《じょうまちまわりどうしん》、曲多円次郎《まがたえんじろう》の妻、たかと申します」

紋四郎は、おのれの予感の的中に生唾を呑みこむ。

しかも曲多という変わった名には聞きおぼえがあった。

さくらがうわずった声で叫んだ。

「えっ、じゃあ、このあいだ大門通りで殺された……」

町で殺しがあったと噂を聞けば、必ず瓦版《かわらばん》を買うだけあって、さくらも同心の名に聞きおぼえがあるようであった。

「五日前に、北町奉行所の同心が二人、夜廻りの途上にて殺されたと瓦版で読みましたが、その奥方さまでございますか」

曲多円次郎とともに、同じく定町廻り同心の伊坪幸之助《いつぼこうのすけ》が殺されていた。

「左様でございます」

たかは目を伏せたまま肩を細かく震わせている。

「で、ご相談とは」

さくらが一気に話を本題へとむける。

「亡くなった夫は、わたくしにも子供たちにもまことに優しく、常に労《いたわ》りをもって接してくれておりました。あれほど慈悲深い夫が、なにゆえ無惨に殺されたのか。日々、身を危難にさらすのが同心の務めとはいえ、どう考えても諦めがつかぬのです。悔しいです……そして、わが夫を手にかけた者が憎いのです」

「まさか同心の奥方さまが、わたくしどもに下手人を捜してほしいとおっしゃるのではないですよね。すでに町奉行所は下手人捜しに血眼になっていると聞きおよんでおりますが」

たかは、さくらをまっすぐ見つめたままゆっくりと首を横に振った。

「わたくしは夫から町奉行所の内情をつぶさに聞かされております。今の町奉行所にまかせておいたのでは、いつまで経っても解決を見ることはないでしょう。定町廻り同心は南北あわせたとて、たったの十二人。それがこたび二人減り……」

たしかに紋四郎の知るかぎり、江戸の町を騒がせた辻斬りや盗賊が捕まらずにいる例は枚挙にいとまがない。

「わたくしは、なんとしてでも夫を手にかけた下手人を見つけだしとうございます。こちらさまの『よろず難題』の看板を見かけて藁《わら》にもすがる思いでまいりました」

「奥方さまのお気持ち、わが事のように痛みいります」

さくらは神妙に返事をすると、袖で涙をぬぐいながら何度もうなずいている。

なんともはや、紋四郎にとっては大誤算であった。

心配してはいたものの、危ない相談事が持ちこまれることなど万にひとつないだろうと算段していたのに、こともあろうか、同心殺しの下手人捜しの依頼が持ちこまれるとは。

しかも、殺された同心の奥方がじかに依頼してきたのである。

人生は戯作《げさく》よりも奇なりとはよくぞ言ったものだ。

いったい町奉行所の内情はどうなっておるものやら。

世も末とは、こういうことを言うのか……。

紋四郎はしばし感慨にふけっていたが、すぐにおのれが直面している「難題」の難題さに気がついた。

ありえない話ではあるが、現にこうして同心の奥方が目の前に座っている。

万が一引きうけでもしたら、それこそえらい事になる。

ひとつ間違えば、さくらの命に関わる危険きわまりない難題ではないか。

さくらがどんなに関心を示しても、なんとしてでも断らせねばならぬ。

そう思案して口を開きかけた紋四郎の前で、さくらはまるで朝飯前とでも言わんばかりの口調で、いとも容易く快諾していた。

「承知いたしました。なにかわかりしだい、逐一お報せいたしますので、しばしお待ちを。お所を教えてください」

案の定、可愛らしい眼をくりくりと輝かせている。

「お、おい、ちょっと待て、ちょっと……」

さくらを制止しようとしたが、もはやあとの祭りだった。

「ありがとうございます、ありがとうございます。どうぞよしなにお願い申しあげます」

たかは「難題」を引きうけてもらえたことに大いに感激したらしく、何度も額を畳にこすりつけるように頭をさげると、住まいの町名を紙片に書きつけて、紋四郎に口をはさむいとまも与えぬまま席を立った。

戸口まで見送りに行ったさくらが中の間にもどってくるやいなや、紋四郎は息せき切って説きふせようとした。

「今からでも遅くはない。たか殿を追いかけて詫び、こたびの話はなかったことにしてもらうのじゃ」

「それはなりませぬ。ひとたびお引きうけしたことを軽々と翻《ひるがえ》すは、武家にあるまじきふるまい。殿さまのお気持ちはよぉくわかりますが、こたびの件は、天がわたくしに与えたもうた試練とお思いくださりませ」

「だが、この話はあまりにも危なすぎる。まかり間違えば、御身が同心殺しの手にかけられるやもしれん」

「大丈夫でございます。さくらは決して無理をいたしませんから」

さくらはきっぱりと言って微笑んだ。

(いやいや、いつも無理ばっかりするから、肝を冷やしておるのだ)

「いいか、二人とも刀傷がまったく見あたらないにもかかわらず血を吐いて絶命していたと聞く。なんともはや恐るべき殺しの技の持ち主ではないか」

「おや、殿さまも長兵衛の瓦版を読まれておられましたか。わたくしの思いまするに、おそらくは木剣かなにかで殴り殺されたのではないかと」

さくらの呑気《のんき》な返事を聞いて、紋四郎はぶるぶると首を横に振る。

「ならば、痣《あざ》や瘤《こぶ》が残るはず。痣や瘤などまったく見あたらなかったというではないか。これは相当な殺しの手練《てだれ》のなせる技」

「毒を盛られたのではないでしょうか」

おしどり夫婦には似つかわしくない殺伐《さつばつ》とした会話がつづく。

「毒などであろうはずがない。二人とも夜廻りの途上で災難に遭遇したという。こたびの同心殺しは、途方もない殺しの技をあやつる者の仕業に間違いあるまい」

とにもかくにも、できるかぎり危険を強調して、なんとかさくらを思いとどまらせようとする紋四郎だったが、

「そんなに恐ろしい技の持ち主なんですか。ますます下手人を見つけたくなるではありませんか」

説得すればするほど、さくらはますます闘志を燃やしているようだ。

火に油をそそぐとは、まさにこのことか……

紋四郎は予想だにしなかった事態の展開に頭を抱えざるをえなかった。

四

翌日の夕刻、編笠《あみがさ》で顔を隠した紋四郎は、日本橋北の浜町堀《はまちょうぼり》に沿った通りを南にむかって歩いていた。

浜町堀は、元和年間に開削された南北を結ぶ水路である。南は大川に合流し、北は小《こ》伝馬町《でんまちょう》の牢屋敷の近くで西に向きを変え、そのまま神田堀とつながっていた。神田堀の西の端は江戸城のお堀につながっており、浜町堀は日本橋の繁栄を支える重要な水運の役割を果たしていた。

暦では、この日から月が改まって四月となる。

朔日《ついたち》は、着物の表地と裏地の間に入れていた綿を抜く更衣《ころもがえ》の日であった。紋四郎も布子《ぬのこ》の綿を抜いたので、着物のかさばりから解放されて身軽になったものの、厚手の着物に慣れた体には薄い布地の感触は少々肌寒く感じられた。

千鳥橋《ちどりばし》から栄橋《さかえばし》にいたる道筋の中央にある三つ辻を東に入ると、そこからは村松町の町屋となる。

煎餅屋、寿司屋、刀剣屋、さらには紀州藩御用達《ごようたし》の小間物問屋などが左右にならび、二町ほど進むと、ふたたび三つ辻が現れた。

紋四郎は右に折れ、南につづく細道に足を踏みいれる。

この細道の東側は若松町の町屋だが、西側には小身の旗本屋敷がならんでおり、通りには人影もなく、ひっそりと静まりかえっていた。

すすっと背後から忍びよってきた棒手振《ぼてふり》が、

「こたびの仕置きの相手は鎌田勘九郎《かまたかんくろう》。いつも正午から日が暮れるまで小笠原半十郎《おがさわらはんじゅうろう》という直参《じきさん》の屋敷で将棋を指す。ほれ、すぐそこの屋敷だ。もうしばらくすれば、門から勘九郎が出てくるゆえ、そこを狙うのだ」

物静かな口調でそうささやくと、紋四郎と肩をならべて歩きはじめた。

棒手振の姿に変装した御庭番の幻蔵《げんぞう》である。

「勘九郎殿……」

紋四郎は念を押すようにつぶやいた。

二人は唇を動かさず息を吐くように発声しているので、往来に人がいたとしても言葉をかわしているとは誰も気づかなかっただろう。

「ほう、おぬしの知りあいか」

「八年前まで、兵原《へいげん》先生のもとで、ともに鍛錬を重ねあった兄弟子だ」

兵原先生とは、文武両道に優れ、千人にあまる門弟を育てた兵術家の平山行蔵《ひらやまこうぞう》のことである。

紋四郎は十歳のときから父、大三郎とともに平山行蔵の弟子となり、八年前の文化十年（一八一三）に行蔵が道場を閉じるまでの約十年間、兵学と武芸を学んだ。

「おぬし、同門の兄弟子を斬り捨てることができるか」

幻蔵は、いつもの猫がネズミをいたぶるような口調で問うてきた。

「陰仕えの務めとあらば、果たさねばならぬ」

紋四郎は答えてから歯ぎしりした。

幻蔵は声を出さずに嗤《わら》っている。

陰仕えとは、徳川家に災厄《さいやく》をもたらす者どもを秘密裏に始末する務めをいう。

戦国時代より石川家代々に受け継がれてきた他言無用の務めであり、将軍と幕府内のごく限られた者しか、その存在を知らない。

「大した心がまえだ。おぬしもようやく一人前の陰仕えになってきたということか。もうしばらくすれば、先代と同じように、なんの気おくれもなく人を斬れるようになろうぞ」

「黙れ、父の話はするな」

先代とは父親の石川大三郎のことだった。

石川家の家督を継いで陰仕えとなった者は、みな一様に隠居するまでは紋四郎を名乗ることとなる。

そして隠居後、それぞれの本名にもどるのだった。

紋四郎は少年時代から父親の大三郎を嫌悪してやまなかった。

大三郎もまた実の子である紋四郎をうとんでやまなかった。

なぜか紋四郎は、幻蔵に対しても父親に対する嫌悪と同じような感情をいだいていた。

幻蔵は、みずからを幕府の御庭番と称し、将軍と陰仕えである紋四郎の間の連絡役を自任していた。もちろん幻蔵は仮の名であり、本名は知るところではない。御庭番であることも怪しいと紋四郎はにらんでいる。

ただし、将軍との連絡役は嘘ではないようであった。

紋四郎は、幻蔵を通じて将軍からの命を受け、仕置きにおよぶのである。

「幻蔵。おぬしは、それがしと勘九郎殿との関わりについてすでに知っておるはずだ。陰仕えを命じる相手のことを、おぬしがなにも調べぬわけがないからな。なぜ素知らぬふりをするのだ」

「ふふ……勘九郎の名を告げられたとき、おぬしがどのような顔をするのか見てみたくてな」

試されて気分のいい者などいない。

幻蔵はそれをわかっていながら、わざと試すのだから始末が悪い。

「それなら、もう十分であろう。務めとあらば、たとえ迷いが生じようとも、それを振りきって、相手を斬るまで。これ以上の邪魔だては無用ぞ」

もともと陰仕えでは、仕置きの相手の子細について知ることは無用とされていた。

紋四郎は昨年、みずからの体験としてその理由を知った。

仕置きの相手について知れば知るほどためらいが生じ、それが剣筋に影響をあたえてしまうのである。

それは結果として、陰仕えの務めのしくじりを招きかねない。

されど将軍直属の陰仕えには、ただの一度でも、しくじりは許されないのだ。

しくじれば紋四郎本人はむろんのこと、一族郎党、妻のさくらまで抹殺されてしまうのである。

すなわち陰仕えの責務は、紋四郎だけのものではなかった。

だから紋四郎は、仕置きの理由については訊かぬことを是《ぜ》としていた。

だが、こたびはたまたま相手の名を聞いただけで、かつての同門の先輩だとわかってしまった。

心に迷いが生じるのは無理からぬことであるが、なんとしても務めはまっとうせねばならぬ。

すでに辛く苦しい感情は、どうすることもできなかった。

「三つ辻を右に曲がると、両側を武家屋敷にはさまれた小道となる。勘九郎はその小道を西にむかって家路へと急ぐはず。勘九郎を背後から追い、小道が往来に行きあたるまでの一町の間に仕留めるのだ」

そう告げると幻蔵は、なに食わぬ顔で踵《きびす》をかえして去っていった。

紋四郎は汗ばんだ掌で、刀の柄をぐいっと握りなおした。

三つ辻を右に曲がるのとほぼ同時に、鎌田勘九郎が屋敷の門から出てきた。

あたかも、その刻《とき》を待ちかねていたかのごとく本石町《ほんごくちょう》の鐘が暮六ッ（午後六時）を報せる陰気な音を響かせた。

風はなぎ、人声も聞こえない。

武家屋敷にはさまれた小道は静まりかえっていて、仕置き相手の勘九郎の足音だけがザックザックと聞こえるばかりである。

紋四郎は編笠を前に傾けてゆっくりと勘九郎との間合をつめていった。

勘九郎は、紋四郎より十歳年上の三十八歳だ。

鍛えぬかれた肉体は、肩幅が広く、そのくせ腰まわりは引きしまって細かった。

特徴のある体形ゆえ、後ろ姿だけでその人とすぐわかる。

勘九郎の精悍《せいかん》な顔つきが目に浮かぶ。面長で、ことのほか額が広い。

眉と眼の間隔が狭く、けして妥協を許さぬ性格を誇示していた。

鼻筋のとおった鼻はどちらかといえば大きめで、肉厚な唇は、いざ論を弁じだすと勢いがとまらなかった。

かつて紋四郎は若さにまかせて、この端倪《たんげい》すべからざる先輩論客に挑んだことがあったが、木っ葉微塵《みじん》に粉砕《ふんさい》された。

そんな思い出とともに、道場でたがいに汗を流し、談笑した日々のことも、昨日のことのように蘇《よみがえ》ってきた。

もう少しで居合の間合に入る。

できることなら、勘九郎の顔を見ぬまま討ってしまいたかった。

紋四郎は気配を消し、さらに殺気も消しさる。

前の晩、食べた料理の味を思いだすことが、そのコツであることにみずから苦笑したくなる。

勘九郎の肩幅の広い背中がぐんぐん迫ってくる。

紋四郎は、間合に入るのと同時に鞘《さや》を握る左手に力をこめた。

いつもなら居合を一閃《いっせん》――抜いた直後に刀は鞘に納まっているはずだった。

勘九郎は斬られたことさえ気づかないまま、五歩六歩と前に進み、そのまま倒れる。

そして紋四郎は何事もなかったように遠ざかっていく……

だが、この日はそうはならなかった。

「うっ……」

左肩に激痛が走ったからだ。

幼なじみの針之介の刀で貫かれてから半年ほど経つが、いまだに思わぬときに強い痛みをおぼえることがあった。

居合の極意は、刀を抜くのではなく、鞘をいかに速く払うかが勝負所と考えている紋四郎にとって、左肩の痛みは致命的であった。

紋四郎の右手は柄を握りしめたまま動かなかった。

放った殺気だけが虚しく宙でもがいている。

「曲者め」

勘九郎が叫びながら振りかえった。

同時に鋭い剣さばきで白刃を浴びせてきた。

紋四郎は勘九郎の稲光のごとき殺気に全身を貫かれるのを感じた。

常在戦場を旨《むね》とする師、平山行蔵の教えの申し子のような勘九郎である。

弁舌のみならず武のほうも精進を怠っていなかったことは明白だった。

息がとまり、紋四郎は十年前の勘九郎との組稽古を思いだしていた。

あのときすでに勘九郎は、師がめざす心技体そのまま、迷いを捨てきった境地に到達していた。

あたかも、みずからの死を覚悟したかのように勇猛果敢に相手のふところに飛びこんできた。

俗にいう「相討ち覚悟」の剣法だった。

勘九郎の剣尖《けんせん》が狙うのは相手の肉体を通りぬけた、はるか彼方だった。

剣尖が相手に届かぬことなどありえぬと言わんばかりに、なんの迷いもなく深々と相手を斬りつけるのだった。

「むん」

紋四郎は蜘蛛足《くもあし》に跳びさがり、かろうじて肉を断たれずにすんだ。

編笠が、ばっさりと真っぷたつに割れた。

「おぬしは、石川……紋四郎」

勘九郎は八年前と変わらぬ凛々《りり》しい顔だちをしていた。

紋四郎は戦意が一気に萎《な》えていくのを感じる。

だが、勘九郎はそうではなかった。

「なにゆえ、拙者を狙う」

敵意をむきだしにして訊ねてきた。

もちろん紋四郎には答えられない。

「答えぬのか、紋四郎。兵原先生のもとに通っていたときは見どころのある若者だと思っておったが、見そこなったぞ。刺客に身を落としたか」

滑舌《かつぜつ》鋭く紋四郎の立場を喝破《かっぱ》した。

「もしや、公儀の犬……犬ならば、斬ることになんのためらいがあろうぞ。覚悟いたせ」

勘九郎は一気に間合をつめて、けれん味のない突きをくりだしてきた。

かわされることなど、これっぽちも頭にない渾身《こんしん》の突きだった。

これほど恐ろしく威力のある攻めは体験したことがなかった。

しかし逃げ場のない窮地に陥《おちい》ったことで、紋四郎の迷いも消えていた。

肩の激痛も忘れていた。

紋四郎は地を蹴り、勘九郎をうわまわる気迫でぶつかっていった。

耳を裂くような金属音がして刀身が折れ、白銀の燦《きら》めきを回転させながら足元に転がった。

二人はたがいに背をむけあったまま動きをとめていた。

「ううっ……」

うめき声と同時に勘九郎の体がぐにゃりと崩れた。

切っ先を宙に浮かせて残心していた紋四郎は、静かに息を吐きだしながら刀を引きもどす。

刀身には、勘九郎の刀を断ち折ったときの疵《きず》が痛々しく残っていた。

横倒しになった勘九郎に目をむけると、苦しげな息を吐きながら問うてきた。

「だ…誰に命じられたのだ」

紋四郎は口を閉ざしたままだった。

「言いたくなければ、それでよい。だが、その者に言っておけ。虐《しいた》げられた民の声をかき消すことなどできぬ。徳川は必ず滅びるとな。そのために数多くの血の川が流れるだろう。拙者から流れでた血の川もそのひとつ……」

ぐふっという息の洩れる音とともに言葉は途絶えた。

紋四郎は周囲を見まわし、誰も見あたらぬことを確かめると足早に歩きだした。

この日に限って髷の具合を確かめる癖も忘れさっていた。

幻蔵に指示された道のりに落ち度はなく、紋四郎は誰の目にもふれず、さらには一度も辻番《つじばん》の前を通ることもなく浜町堀の通りにもどることができた。

通りに出たとたん、初夏とは思えぬ冷ややかな風が首筋を撫でた。

紋四郎は無表情のままだったが、やるせない思いで胸が張り裂けそうだった。

勘九郎の最期の言葉は、半年前に紋四郎が斬った針之介の言葉と重なった。

「……虐げられた民の声をかき消すことなどできぬ。徳川は必ず滅びる……」

針之介もまた虐げられた民の声に耳を傾けていた。

針之介も勘九郎も世直しを志して動いたために、紋四郎の手によって討たれたのだった。

陰仕えの務めは、徳川にあだなす者を絶対に許さない。

紋四郎はおのれの宿命に想いを馳せ、目の前に赤き川が奔流する幻を見たような気がした。

五

その日の黄昏《たそがれ》どき、紋四郎は三河町《みかわちょう》一丁目にある薬種屋《やくしゅや》「大坂屋」の暖簾《のれん》をくぐった。番頭と秘密の合言葉をかわして土間からあがり、正面にある引き戸を開けて階段を登っていく。

二階の座敷では、いつものように口元に冷ややかな笑みを浮かべた幻蔵が待っていた。

大坂屋は、紋四郎と幻蔵が陰仕えに関わる情報交換を行なう場所だった。

紋四郎は、あくの強い幻蔵の顔が嫌いだった。

黒々とした太い眉のしたに、異様なまでにギラギラと光る眼があった。

幻蔵は皮肉屋だった。

実際、少しゆがんだ唇は、皮肉を語るためにあるようだった。

「まだまだだな。おぬしの全身から、仕置きへの迷いをともなった、なんともぶざまな殺気が洩れだしていたぞ。勘九郎はおぬしが近づいてくることに、とうに気づいておったわ」

開口一番から嫌味を聞かされた。

紋四郎は返事をする気にもならない。

「勘九郎は数年前から王学（陽明学）に染まっておった。めだった動きを見せはじめたのは三年前からだ。当時、勘定役であったところ、みずから辞して小普請《こぶしん》となり、おのれの屋敷で王学を教えはじめた」

幻蔵は紋四郎が頼みもしないのに、勘九郎の来し方を語りはじめた。

それが紋四郎の心をさらに痛め、かき乱すのを愉しむかのようだった。

「やめてくれ、聞きたくない」

そう言い放ったものの、陽明学の掲げる「知行合一《ちぎょうごういつ》」が、勘九郎と紋四郎の師である平山行蔵の生き方と合致するものであり、勘九郎に抵抗なく染みこんでいったことが容易に想像された。

幻蔵は紋四郎の拒絶を無視して話をつづけた。

「明解な講釈が評判を呼び、町人や百姓はもとより、大名の家来、果ては直参の者まで集まってきたらしい。しかも勘九郎は、ご政道のあり方を糾弾《きゅうだん》する建議書まで出そうとしておった」

徳川幕府は、現状維持の世の仕組みや倫理の拠り所となる朱子学を重用していた。

かたや陽明学は、朱子学と根を同じくしながらも、現状に不均衡や問題があれば、これを改革することを否定しないので、幕府からは幕藩体制を否定しかねない学問と目されていたのである。

ゆえに幕臣の身でありながら陽明学に染まり、なおかつ幕府への批判を露わにする勘九郎をそのままにはしておけなかったのだろう。

しかし暗殺までする必要があったのだろうか。

紋四郎の知る勘九郎は、誰に対しても優しく、誰からも愛されていた。弱き者たち、世の中から見捨てられた者たちにも温かい眼をそそいでいた。

そんな勘九郎を亡き者にする理由など存在するのであろうか。

幻蔵は紋四郎の胸のうちを読みとったかのように告げた。

「陰仕えは、素性を知らぬ者だけ仕置きすればよいというわけにはいかぬ。たとえ親しき者であっても、徳川に牙をむくなら必ずや抹殺せねばならぬこと、よく憶えておけ。松本針之介もそうだったが、今日の相手ていどであのザマでは、先が思いやられるというもの」

容赦のない言葉を浴びせられたが、幻蔵と論争する気はなかった。

「言いたいことはそれだけか」

早く話を終わらせたい紋四郎は、突き放す口調で言葉を返したが、幻蔵はフンと笑っただけだった。

「それはそうと、松本針之介から受けた肩の傷はまだ癒えておらぬようだな」

話の矛先《ほこさき》を肩の傷にむけられ、紋四郎は戸惑いをおぼえた。

針之介を仕置きするよう指示したのは幻蔵だったが、勝負の子細については誰にも話したことがなかった。

口のなかで塊《かたまり》となっていた唾《つば》をごくりと飲みこんで問う。

「もしや見ていたのか……」

「ああ、初めから終わりまでな。おそらく松本針之介も王学にかぶれておったのであろう。頭の芯までおかしな考えに染まった針之介を、目を醒ませと説得するおぬしのまぬけぶりには吹きだしそうになったぞ」

(幻蔵めは、針之介とそれがしの戦いの場に居あわせていたのか……)

針之介は「先生」と呼ぶ人物の信条に感化され、「先生」の手先となって江戸の町を震撼させた読売殺しを行ない、さらには未然に収まったものの、北町奉行暗殺まで決行しようとした。

紋四郎は、針之介の暴挙を阻止するために戦ったのだった。

懸命に針之介の説得を試みる紋四郎を幻蔵は薄気味の悪い笑みを浮かべながら見物していたにちがいない。

紋四郎は我知らず脇に置いた刀に手を伸ばしていた。

「くっ……朋友を思う気持ちなど、おぬしにはわかるまい」

幻蔵は紋四郎の手元をにらみすえたまま叫んだ。

「笑止！　その朋友とやらを殺したのは、おまえではないか！」

「そ、それは……」

紋四郎はぎくりとして刀から手をもどした。

「その愚かしき言行不一致、笑止千万。だが、まあ、それはよい。陰仕えとして、おまえはひとつの峠を越えたのだ。仕置きの命《めい》あらば、いかなる者とて、ためらいなく斬る。これこそ陰仕えの掟。おぬしは朋友を殺すという試練を乗りこえたのだ」

「ば、馬鹿な……あれが陰仕えのための試練だったと……」

「左様。今日、仕損じなかったのも、あのとき針之介を見事仕留めたゆえであろう。私情を捨てて仕置きを行なうことをおまえの体が覚えつつあるのだ」

紋四郎は、おのれの心に芽ばえつつある魔性を指摘されたような気がして身震いした。陰仕えの掟を身につけたとき、ありとあらゆる感情が消え失せ、妻のさくらを殺せと言われても平然と斬り捨てられる人間になっているのかもしれない。

「違う、それがしは違う」

紋四郎は、その言葉を幻蔵にむかって言っているのか、自身に訴えているのかわからなかった。

「くくっ……まるで駄々っ子だな。おのれの境遇にいくら抗《あらが》ってみても、人はいずれ慣れていくもの。もう少しすれば、そんな戯《ざ》れ言も口から出なくなるであろう」

激しく首を振って幻蔵の弁を否定しようとした紋四郎であるが、そのとき頭の片隅に去来するものがあった。

きっと顔を持ちあげて問う。

「それでは、針之介に激しい突きを浴びせられ、まさに生死の境を彷徨《さまよ》っていたそれがしを手当てして運びだし、さらには針之介の自死を装ったのは、やはり、おぬしだったのか」

あの日、紋四郎は針之介との戦いの場ではなく、屋敷からそう遠くない有馬家の荷揚場の近くで倒れているところを発見されて命をとりとめたのだった。

ちなみに紋四郎の重傷は、辻斬りに襲われたものとして処理された。

かたや針之介の遺骸は、死闘から十日あまりのち、これまた戦いの場から離れた大川で発見されたのであった。

そのため事実とはまったく異なり、針之介の死は、自刃のうえで身を投じたものとされていた。

「わしではない……ふふっ、そこまで聞くなら致し方あるまい。真相を教えてやろう」

幻蔵は紋四郎の顔色を確かめるように身を乗りだしてきた。

「驚くな。どちらも、おぬしの兄、剣死郎《けんしろう》がやったことだ」

唐突に驚くなと言われても、紋四郎は驚きのあまり言葉を失わざるをえなかった。

「真相」「兄」……聞き慣れない言葉が真っ白になった頭のなかを飛びかっていた。

なんとか波立つ心が静まるのを待って、幻蔵に問いなおす。

「陰仕えの務めを父から受け継いだとき、御神君（徳川家康）とわが先祖、箇三寺《こさんじ》（石川数正）さまとの密約で、石川家の長男を将軍直属の忍びとして献上する約定《やくじょう》があることは聞いておる。剣死郎とは、その者のことなのか」

「そのとおり」

「おぬしの口ぶりからして、兄者を知っておるのであろう。どのような方なのか」

紋四郎はこれまで幾度も、会ったことのない兄の姿を思い描いてみたことがある。

その兄が紋四郎の前に現れ、しかも命を救ってくれたという。

紋四郎は顔も知らぬ兄に親しみと感謝の念をおぼえ、一度でいいから会うことはできないものかと幻蔵に訊ねてみた。

しかし、幻蔵の返事は取りつく島もないものだった。

「会ってどうするつもりだ。将軍家に献上された以上、もはや石川家の者にあらず。血のつながりなどないも同然。もはや、おぬしの関知するところの者にあらず」

紋四郎は、幻蔵がはっきりと拒絶の意思を示したにもかかわらず重ねて訴えた。

「会いたいのだ。兄者に会って訊ねてみたいこともある」

針之介の死からふた月後、何者かの手によって針之介の愛刀、虎徹《こてつ》が紋四郎の屋敷に届けられた。

針之介の遺骸を大川に流したのが剣死郎だとすれば、虎徹を届けてくれたのも剣死郎にちがいない。

だとすれば、その真意はなんだったのか。

だが幻蔵は、紋四郎の言葉を無視して話を転じた。

「剣死郎とおぬしの関わりは、こたびが初めてではない。すでに幾度となくおまえたちは会っておる」

それだけ言うと幻蔵は口を閉ざしたまま皮肉な笑みを浮かべた。

いつもの謎かけのような口ぶりに、またしても紋四郎は幻蔵に対して怒りをおぼえた。

一方的に兄の存在を知らしめておきながら、それ以上のことは謎のまま伏せておくつもりなのか。

またもや紋四郎の心を弄《もてあそ》んで愉しんでいるのだろうか。

「なぜ、今になって兄者の話を持ちだしたのだ」

紋四郎は、むっとして問うた。

すると幻蔵は白々しく言ってのけたのであった。

「剣死郎が強く望んだから、と答えておこうか。わしも、そろそろおぬしに伝える潮どきが来たと判断したでな」

「兄者は以前からそれがしを知っておったのだな」

「ああ、ずっと前から知っておった」

ならば、どうしてもっと早く名乗りでてくれなかったのだろう。

「それがしは兄者に会いたい。話がしてみたい」

紋四郎の心は千々に乱れていた。

「甘いな。剣死郎とおまえには、それぞれの務めに徹してもらわねばならぬ」

「どういう意味だ」

「相変わらず物わかりが悪いな。剣死郎もおまえも、陰仕えの務めに関わりないことは、望んではならぬということだ」

「ということは……」

「おまえと剣死郎が顔をあわせることはない、ということだ」

「せめて礼ぐらいさせてくれぬか」

出血多量で瀕死の状態だった紋四郎は、剣死郎の手慣れた金創の手当てのおかげで命びろいしたのである。

「その必要はない。今もどこかに潜んで、われわれの話を聞いておるはずだ」

ならば、今ここで虚空にむかって礼を述べよとでも言うのか。

それでは、あまりにも虚しすぎる。

その存在すら、あやふやになってしまう。

万が一これが、たちの悪い冗談だとしたら、生涯、幻蔵を許すまじ……

「まさか、それがしをからかっておるのではあるまいな。今の話は本当なのか」

幻蔵を問いつめようとしたが、そのときすでに幻蔵の姿は部屋になかった。

いつもの居心地の悪い幕切れだった。

独りぽつねんと部屋にとり残された紋四郎は帰途につくしかなかった。

六

大坂屋を出た紋四郎は、そのまま屋敷にもどる気にはなれなかった。

兄、剣死郎に命を助けられたという幻蔵のうちあけ話は、紋四郎の気持ちを少なからず高揚させていた。

紋四郎の足は自然と行きつけの縄暖簾『十五夜』にむかっていた。

北品川宿の竹屋横丁にある『十五夜』を訪れるのはひさしぶりであった。

女将《おかみ》のお春とその息子であり料理人の月次朗《つきじろう》の母子二人だけで切り盛りしている店である。

風の便りでは、月次朗は思うところあって今年から名を元の小次郎《こじろう》から改名したのだという。大の猫好きだが、どのような心境の変化があったのか、それが料理にどう表れているのか興味のあるところだった。

すでに夜の帳《とばり》は落ち、北品川の宿場町まで来ると旅籠《はたご》屋の灯す明かりが夜陰のなかにいくつも浮かびあがっていた。

『十五夜』の前まで来ると、だしのきいた醤油の香りが暖簾ごしに漂ってきた。

慣れ親しんだ匂いを嗅いだとたん、紋四郎は激しい空腹をおぼえた。

「モンシロの旦那、おひさしぶりだね」

暖簾をくぐると、お春が七十過ぎとは思えない艶々とした笑顔で挨拶《あいさつ》してきた。

右足が不自由なため、いつも奥の床几《しょうぎ》に腰かけている。

お春は干支《えと》占いがよく当たることで知られ、占いをしてもらうために遠方から訪ねてくる客もいるほどだった。

また記憶力が抜群で、一度見聞きした物事はなにひとつ忘れることがなかった。

ちなみにこのお春がとりもってくれたおかげで、身分の違いなどさまざまな困難があったにもかかわらず紋四郎とさくらは晴れて夫婦になることができたのであった。

そんなわけで、紋四郎もさくらもお春には頭があがらない。

「燗酒《かんざけ》を頼む。それと腹の足しになるものもな」

「それなら旦那、今日はお愉しみの一品がありますよ。月次朗、てんぷら焼き鰯《いわし》を頼むよ」

お春が大声で伝えると、板場の月次朗は振りかえりもせず「へい」とだけ返事した。

紋四郎の大好物の一品である。前回、てんぷら焼き鰯は小ぶりにかぎるとお春に話していたら、いつになく月次朗が顔を出してきて、今度用意しておくと約束してくれた。

てんぷら焼き鰯とはいうが、焼き鰯を天麩羅《てんぷら》にするわけではない。

できあがりの見た目が天麩羅に似ているため、そう名づけられた。

頭と尻尾を落とした小ぶりの鰯の身に塩をあて、酒に浸しておく。

注文を受けたら、その鰯の身に串を打って下焼きする。

鰯から落ちた油が焼けると焦げ臭さが移ってしまうので、火加減には細心の注意をはらわねばならない。

下焼きののち、溶きほぐした卵黄を表裏に数回くりかえして塗って焼き、できあがりだ。

月次朗は、その小ぶりのてんぷら焼き鰯を平皿に盛って、燗酒と一緒に盆にのせて運んできた。

輝くような卵黄の色に彩られた鰯は、食べる前から食欲を刺激した。

紋四郎はごくりと生唾を飲みこむや、おもむろに箸でてんぷら焼き鰯をつまむと口に運んだ。

（美味い……）

鰯の脂と卵黄が溶けあって、まろやかな奥深い味わいを醸しだしていた。

微妙な塩気が、やや遅れて口中に広がる。

「美味い、美味い」

いつのまにか月次朗が板場から顔を出して、満足そうに紋四郎の食べっぷりを見ていた。

月次朗の料理の腕前は、料亭の板前に勝るとも劣らぬもので、とくに火加減と材料の吟味は、並の料理人のおよぶところではなかった。

このてんぷら焼き鰯も、新鮮な小ぶりの鰯が手に入ったればこそ満を持してつくったものだろう。改名しただけのことはあると思った。

紋四郎は『美味尽くし徒然草』なる料理見聞録を少しずつ書きためているが、てんぷら焼き鰯は、その料理番付で上位に入るであろう。

美味の余韻が口中で響いているうちに燗酒を流しこむ。

舌のうえでぴりっと舞い踊る酒精《しゅせい》が、脂をすっきりと洗い流してくれる。

自然とまた箸が伸び、次のてんぷら焼き鰯を口にしていた。

紋四郎は、てんぷら焼き鰯をあっというまに平らげてしまった。

「モンシロさま、こんばんは。おひさしぶりです。女将から聞いたんですが、なんでも大怪我をされたとか。傷のほうはもうよろしいのですか」

いつ店に入ってきていたのか、安藤万民《あんどうばんみん》が声をかけてきた。

てんぷら焼き鰯に心を奪われていた紋四郎はまったく気がつかなかった。

「これは万民先生、おひさしぶりです。半年前のことですので、もうすっかりよくなりました」

上機嫌でそう返事したとたん、治っているはずの左肩がずきんと痛んだ。

紋四郎は思わず顔をしかめながら、お春に声をかける。

「女将、それがしの怪我のことは内緒だって言っておいたではないか」

「おや、そうでしたっけ。でも『十五夜』の客で、モンシロの旦那のお怪我のことを知らぬ者は誰もおりませんよ。あたしが言わなくたって、どのみち万民先生のお耳に入ったことでしょうよ」

万民が苦笑いしながら片手で額を打った。

「はは、これは失礼いたしました。内緒話だってこと、うっかり忘れておりました。どうかご勘弁を」

万民が人のよさそうな笑顔で謝ったので、紋四郎も頭をさげた。

「いえ、お気になさらずに。ところで万民先生、いつから江戸に？」

安藤万民は、美作国津山《みまさかのくにつやま》にて医業のかたわら百姓相手に学問を講じていると聞いていた。

年に数回ほど新たな知見を得るため著名な医者や学者を訪ねて江戸にやってくる。

「五日前からです。さっそく毎晩、この『十五夜』通いですよ。ところでモンシロさま、今日はなにかよき事があったのですか。お顔がいつもとはちょいと違うようで」

そう言いながら眼を細めると、目尻にしわがしっかりと現れた。

見る者の心に刻まれるような味わいのある笑顔だった。

兄、剣死郎のことが思いあたったが、みだりに語るわけにもいかなかった。

「美味しい料理をいただいて、思わず頬がゆるんでしまったようです。いやぁ、これはお恥ずかしい」

紋四郎は照れながら盃を口に運んだ。

心なしか今宵の酒は、いつもより味わい深いような気がした。

幻蔵との会話の不快な幕切れもとうに忘れさり、こたび新たに知るところとなった兄への想いが紋四郎をいつになく高揚させていた。

まだ会ってもいないのに、弟の光之進よりもはるかに親しみをおぼえるのはなぜだろうか。

「女将、わたしにも、そのてんぷら焼き鰯をお願いしますよ」

万民はそう言って紋四郎に笑いかけると、くいっと盃の酒を飲み干した。

毎晩、満席の客でにぎわう『十五夜』にしては珍しく紋四郎と万民しかいなかった。

「今宵はなんだか人恋しい風が吹いておりますね。モンシロさま、つかぬことをお訊ねしますが、奥方はモンシロさまのことを『殿さま』と呼んでらっしゃいますね」

一瞬、紋四郎はぎょっとした。

なにゆえ万民はそのようなことを知っているのか。

紋四郎の気持ちを慮《おもんぱか》るように小首をかしげながら万民はつづけた。

「いえ、こちらの店でお二人が仲睦まじく飲まれているのをお見かけしたことがありましてね」

「これはまた、とんだところをお見せしてしまったようですね」

「はは、わたしのような独り者には目の毒でしたが、モンシロさまが奥方のことを『御身』と返されていたので、ひょっとして西国の出の方かと思ったのです」

お春が笑顔で話に入ってきた。

「紋四郎さまのご一族は、今でこそ悠々自適のお暮らしをなさってらっしゃいますけど、戦国の世のお殿さまの家系でらして、御神君さまからこのあたり一帯の土地を賜られて住んでらっしゃるんですよ」

「ほほう」

そう言って万民はさも感心したように唇をとがらせたが、それ以上は聞いてこなかった。

単なる思いつきの問いかけだったのかもしれない。

万民はお春に体をむきなおすと、

「今宵は人恋しい風も吹いておるゆえ、三人で飲み明かしますか。奢《おご》らせていただきますぞ」

そう言って呵々《かか》大笑《たいしょう》した。

じつに人好きのする笑顔と笑い声であった。

万民は豊臣秀吉のような「人たらし」なのかもしれぬ。

初夏のぬくもりを帯びた夜風が暖簾を揺らしながら吹きこんできた。

紋四郎は心地よいほろ酔い気分だった。

盃を唇にあてがって、ひと口味わうと、お春自慢の下り酒がいやでも舌のうえで転がって満身に沁みわたるような心地がした。

お春をふくめた気のいい呑兵衛三人が、とりとめもなく語らいながら酌みかわす酒は、人情と不人情のあざなえるこの世の得がたい口福であった。

第二章　陰の顔

一

翌日の午過ぎ――

「さあ、出かけるわよ」

さくらが声をかけると、歌川国芳は顔をしかめた。

「姉ご、旦那がぶつくさ愚痴をこぼしてたけど、おいらも同じさ。いくら難題相談と言っても、捜すのが同心殺しとなりゃあ、いかにも相手が悪すぎるぜ」

「なに言ってるのよ。あくまでも捜すだけよ。捕まえようってわけじゃない。むこうに気づかれなければいいだけの話でしょ」

さくらは、なにもかも自分の足でおもむいて確かめなければ気のすまない性分である。

そういうときに必ずつきあわされるのが国芳だった。

さくらの身を案ずるあまり「あれもするな、これもやめておけ」と小言の多い紋四郎と違って国芳は、ぐだぐだ言いながらも必ずつきあってくれた。

そんな国芳との出会いは半年ほど前にさかのぼる。

路頭で腹をすかせた子猫にさくらが餌をあたえていると、通りすがりの国芳が浅はかな行ないだと難癖をつけてきたのである。

負けず嫌いなさくらは国芳と激しくやりあった。

そこに子猫の飼い主が現れ、結局はその子猫をさくらが引きとって飼う羽目となった。

さくらは子供のころから猫が大好きだったが、子猫を飼った経験はなかった。

そこで猫通を自任する国芳が屋敷に通って子猫の飼い方を指南することに相成ったのである。

当初「くろ」と呼ばれていた子猫は、猫嫌いの紋四郎がやけくそになって「のり《海苔》」と名づけ、今ではひとまわり大きくなって、百年前からいたかのごとく我がもの顔でふるまっている。

国芳に不快な印象を抱いていたさくらだったが、猫談議をかわすうちに打ちとけ、今では連れだって江戸の町を歩きまわる仲になっていた。

「で、なにから調べようってんだい」

「まずは殺された同心がどんな男だったか、調べてみようと思うの」

「それだったら、こないだ姉ごから聞いたぜ。妻子思いの慈悲深い男だったってんだろ」

「それは内儀《ないぎ》の目から見た亭主の姿よ。内儀の贔屓目《ひいきめ》かもしれないし、内と外の顔が違う者はごまんといるわ」

「モンシロの旦那はどうなんだよ。内と外の顔は違うのかい」

国芳は冗談のつもりで言ったのだろうが、さくらは押し黙ってしまった。

胸のうちが、ちりちりと痛んだ。

『紋四郎は、ご内儀の知らぬ顔を持っております。公儀の刺客という顔をな』

『いざとなれば紋四郎は、顔色ひとつ変えずに人の命を奪える男。殺す相手に憐憫《れんびん》の情ひとつ抱かぬ冷血漢でござるよ』

八ツ山の頂上で言い放った松本針之介の声が今でも耳朶《じだ》に残っている。

このところ、さくらは表面上、平静を装っていたが、じつは針之介に知らされた公儀の刺客という夫の裏の顔を確かめたいという衝動のせいで、心のうちは日々泡立っていたのである。

事の重大性をかんがみれば、紋四郎を問いつめたとて正直に打ち明けてくれるはずもなかった。

さくらのなかで、ふたつの激流がせめぎあっていた。

生来の好奇心の川とそれを抑えこもうとする自制の川である。「よろず難題相談所」は、戦国武将の武田信玄が当時「暴れ川」と呼ばれていた釜無川《かまなしがわ》の治水のために造った信玄堤《しんげんづつみ》のようなものであった。

夫の正体を探りだしたいという衝動を「よろず難題相談所」という逃げ道でなんとか抑えこんでいたのである。

さくらは努めて針之介の言葉を忘れようと心がけていたが、心の隅にこびりついた疑念をぬぐいさることなどできなかった。

ニャア……

途切れた会話の合間を縫って、のりが鳴きながら国芳に近づいてきた。

少し離れたところで立ちどまり、くんくんと鼻を鳴らしてから国芳に寄りそって、腿《もも》に体をすりよせる。

ほかの猫の匂いがするかどうか確かめてから、国芳に寄りそったのだ。

猫好きの国芳は、道端で猫を見かけると、すぐさま愛《め》でようとする。

大人に成長したのりは、色気づいたせいか、ほかの猫の匂いがすると、国芳には近よらなかった。

国芳が手を伸ばそうものなら、ギャッと鳴いて逃げだした。

「……ったく、のりのご機嫌をうかがおうと思ったら、ほかの猫にさわることもできねえのかよぉ。ここに来たところは、こんなに焼きもち猫じゃあなかったぜ。猫は飼い主に似るというけど、旦那に似たのかねえ」

「馬鹿言わないでよ。そりゃあ、殿さまだって人なみに焼きもちは焼くけど、のりほどひどくはないわ。それよりも、猫を見たら相好《そうごう》くずしてベタベタさわろうとする国芳に問題があるんじゃないの」

「ちょっと待ってくれよぉ。おいらだって、ただ猫可愛さに手を出してるわけじゃねえ。猫を描くときにゃあ、毛ざわりまでしっかり描きこまなきゃならねえから、いろいろな猫の毛にさわっておかねえと上手く描けねえんだよ」

まだそれほど売れてはいないが、歌川国芳は地獄絵図とともに、猫の絵を描くのを得意としていた。

画題と関係なくても、絵の片隅に猫を描きこむほどだった。

売れない絵描きと内心軽く見ていたさくらだったが、最近、ぽつりぽつりとではあるが国芳の絵の評判を耳にするようになり、たしかに国芳も以前よりは忙しそうだった。

二

さくらたちは今回のよろず難題相談の依頼主であるたかの夫、曲多円次郎について調べるため屋敷から四半刻（三十分）ほど歩いて三田二丁目にやってきていた。

「へえ〜、八丁堀の組屋敷にでも行くと思ってたら、違うんだ」

国芳が素っ頓狂な声をあげた。

三田の町屋は一丁目から四丁目まであり、赤羽橋から芝田町四丁目に抜ける往来の西側に沿ってあった。俗に四国町《しこくまち》とも呼ばれていた。

三田二丁目の裏手は肥前島原藩の下屋敷で、往来をへだてた反対側にある三田同朋町《どうぼうちょう》の裏手も大名屋敷となっており、にぎわいのなかにも落ち着いた風情のある町屋だった。

「組屋敷で、たかさんから話を聞いたって、同じ話しか聞けないでしょ。わたしは円次郎さまが町廻りをしていた縄張《なわばり》で話を聞いてみるつもりなの」

限られた人員で江戸の町全体を廻るため、定町廻り同心は巡回する地域を分担していた。

「円次郎さまが受け持っていた縄張がどこなのか、調べてきたの」

武家の妻としてはすこぶる愛想のいいさくらを町人たちは好意をもって迎えてくれ、頼み事をすれば喜んで動いてくれた。

町人同士のつながりと情報収集力は大したもので、町奉行所に関わる事でも、たちまちのうちに調べあげてくれたのだった。

加えて、渋々ながらも妻への協力を惜しまない紋四郎の探索力も相当なもので、どうやって入手するのかは不明だが、驚くほど細かく調べあげてきた。

さくらは、円次郎が町廻りのさいに歩く道筋を事細かに把握していた。

「姉ご、大したもんだ。それでこそ難題相談の名人だよ」

「くだらないこと言ってないで、さあ行くわよ」

さくらは往来に面した自身番屋にむかった。

自身番屋は、役所の出先と派出所を兼ねていた。

町内の家主《いえぬし》や町役人がつめていて、人別帳《にんべつちょう》の書きこみをしたり、町奉行所から届けられた御触れを受けとったりする。

さらに定町廻り同心などの町奉行所の役人が立ちよる場所でもあり、ときには罪を犯した者を留置した。

「円次郎さまは必ずここに立ちよっていたのよ」

この自身番屋を教えてくれた町人から田辺金太郎《たなべきんたろう》という家主を訪ねるよう教えられていた。

自身番屋の庇《ひさし》のしたで金太郎に用事があると告げると、「自身番」と書かれた腰高《こしだか》障子が開いて、丸顔の男が顔をのぞかせた。

「あたくしが田辺金太郎でございますが」

金太郎の肩ごしに三畳間が見えたが、人の姿はなかった。どうやらほかの者たちは出はらっているらしい。

ぷぷっ……

金太郎の顔を見て、さくらは思わず噴きだしてしまった。

眉と眼がそれぞれ見事なまでに三日月形をしていた。顔の真ん中には大きな団子っ鼻があり、同じく大きな口は、いつも笑っているように両端が持ちあがっている。

おまけに耳たぶも大きくたれさがっていた。

つまり七福神の恵比寿さまにうりふたつなのだった。

慣れるまでが大変だと、かの町人から念押しされていたが、なるほど聞きしに勝る恵比寿顔だった。

見るほどに大いに笑いを誘ってくれる。

そして金太郎は、さくらに笑われても気にする様子を見せなかった。

金太郎を紹介してくれた町人の名を告げると、さらなる笑顔を見せてくれた。

金太郎が顔を見て笑っても気分を害さないと知ると、国芳は勝手な事を言いだした。

「こいつぁ、驚いた。おいらは歌川国芳って絵師でね。今ちょうど恵比寿さまの絵を描いてくれって頼まれてるんだ。あんたの顔を描かしてくれよ。恵比寿さま以上に恵比寿顔だ」

「ちょっと国芳、いいかげんにしなさいよ。いくらなんでも失礼でしょ」

さくらは先ほど自分も笑ったことなどすっかり忘れて国芳を叱った。

「あはは、顔を笑われるのは慣れております。むしろこの歳になって、人さまに笑いをもたらすことができて誇らしゅうございます。ところで、ご用の向きはなんでございますか」

金太郎はどこまでも愛想良く、しかし顔に似あわぬ渋い声で訊いてきた。

「先日、大門通りで殺された北町奉行所の曲多円次郎さまという同心が、この自身番によく立ちよっていたと聞いてまいりました」

急に金太郎は眉間にしわをこしらえると、ふーっと長い息を洩らした。

表情を曇らせたつもりなのだろうが、悲しいかな恵比寿顔が邪魔して、ちっとも深刻に見えない。

ただ語ったところでは、円次郎に対する不満はだいぶたまっていたようだった。

「ありゃあ、因果応報でございますよ。大きな声じゃ言えませんが、あの旦那は殺されるべくして殺されたんだと思いますよ」

すかさず国芳が話に割りこんできた。

「この江戸の町で悪事の話を聞かねえ日はねえ。悪党どもをしょっぴくのが町廻りの役目だ。とどのつまり円次郎はとんでもねえ役立たずで、悪党どもをはびこらせたので、あんたらは困っていたってえわけだな」

「いえ、その逆です。あの旦那ほど下手人をしょっぴいた同心も珍しいでしょう」

「腕っこきだったわけか。だったら円次郎に感謝してもおかしくねえはずだが」

金太郎はまんじゅう顔を悲しそうに大きく左右に振った。

「本物の悪党をお縄にしたんだったら、あたしらだってありがたい。でも、あの旦那は、ろくに調べもせず、罪を犯してない者まで科人《とがにん》に仕立てあげていたんです」

「それって、どういうこと。ひどいじゃない」

気持ちを昂《たか》ぶらせたさくらは、知らぬまに町人言葉になっていた。

「悪い奴を多く取っ捕まえるほど、上司のおぼえもめでたく、出世の道も開けてくるからでございます」

町奉行所同心の禄は三十俵二人扶持《ぶち》だが、手がらを重ねることで十俵から百俵をうわのせされたり、まれには与力に出世することもあった。

「あの旦那のせいで泣かされた者は少なくありません。でも、あの旦那に楯突《たてつ》こうものなら、あっというまに科人に仕立てあげられてしまうので、恐くて黙っているしかありませんでした」

罪もない夫や子を引ったてられた町人たちが、金太郎のもとに助けを求めてやってきたそうだ。

金太郎はそのたびに、なにもできぬおのれの無力に忸怩《じくじ》たる思いを味わってきたと言う。

「ふうん、姉ごの言ったとおりだな。妻からは、仏さまみてえに慕われている慈悲深い夫が、いざ外に出れば、悪鬼羅刹《あっきらせつ》と変わらぬ行ないをくりかえしてたってわけか」

国芳の言葉につられて「誰しも表と裏の顔があるものよ」とつけ足したさくらだが、紋四郎の顔が浮かんできて心に翳《かげ》がさした。

「ですから、大きな声じゃ言えませんが、あの旦那が殺されたと聞いて、秘かに祝杯をあげた輩《やから》も少なくないと思いますよ」

「あんたもその一人ってわけか」

国芳がにやっと笑うと、金太郎は恵比寿顔をほころばせて照れくさそうに頭をかいた。

昼八ツ（午後二時）を報せる時鐘が聞こえた。

自身番屋を出たさくらたちは、もう一人の同心、伊坪幸之助についても調べようと神明門前町にむかっていた。

「円次郎って奴は許せねえ。おいらだったら殺してやりてえと思うぜ」

国芳は切れ長の眼に怒りをにじませて凄んだ。

「幸之助の調べも自身番に立ちよるのかい」

「今度は煙管《きせる》の商いをする表店《おもてだな》よ。神明門前町の梅忠張《うめちゅうば》りって知ってるでしょ」

「江戸張りの煙管《きせる》の老舗《しにせ》じゃねえか。たしか柳屋清兵衛《やなぎやせいべえ》って職人がやってる店だろ」

清兵衛の先祖は、泉州堺《せんしゅうさかい》の鉄砲鍛冶だったが、家康とともに江戸に入り、梅忠張りと称する煙管を売っていた。

同心の伊坪幸之助がよく出入りしていた店だという。こたびもやはり、さくらの知りあいの町人の紹介だった。

意外にも国芳は清兵衛の人となりについて知っていると言った。

「清兵衛は、刀剣収集が趣味でさ。ご先祖が貯めこんできた金にあかせて、名刀、業物《わざもの》と称される刀を片っぱしから買い漁《あさ》ってるってぇ評判だ。まあ、もとが鍛冶屋だから鋼《はがね》の虫が騒ぐんだろうな。ちょうどいいや、名刀の数々を拝ませてもらおうじゃねえか」

「あなたが刀に興味があるなんて、知らなかったわ。どういう風の吹きまわしなの」

国芳は舌をぺろっと出して笑った。

「へへ、これでも刀にゃあ、ちょいとうるさいんだぜ。なにしろ半年前から道場に通っているからな」

「なにそれ、初耳ね。まあ、あなたみたいな人は木剣で思う存分叩いてもらって減らず口を治してもらったら、ちょうどいいかも」

「姉ご、馬鹿にしちゃあいけねえぜ。どうやらおいらにゃあ、とんでもねえ剣の才があるらしくて、今じゃ師範代をまかせようって話も出てるぐれえなんだ」

さくらは思わず「えーっ」と叫んでいた。

「剣術って、そんな容易く身につくものなの？　殿さまみたいな達人でも、毎朝稽古を欠かさない。目に見えぬ地道な鍛錬を積みあげていくことで、腕はあがるものだっておっしゃってるわ」

「道場主が言うには、おいらの素質ってのが、なみたいていのもんじゃないらしくてな、これが」

国芳はこれ見よがしに鼻を突きあげ、片腕をまくって力こぶなんぞつくってみせた。細い二の腕になだらかなふくらみができたが、あまりの頼りなさに、さくらは笑いそうになる。

「その師匠ってのが怪しいわね。たんまり月並銭《つきなみせん》（月謝）を巻きあげようとして、おだてているんじゃないの？」

「馬鹿言っちゃあいけねえよ。一度おいらの腕前を見てから、そういうことは言ってもらいたいね」

国芳は自信満々だ。

「ふーん、そんなに容易く腕があがるんだったら、わたしもやってみようかな」

「姉ごじゃ、無理むり。素質があるおいらだからこそできるのさ」

国芳は話にならないとでも言いたげに、さくらの鼻先で掌をひらひらと左右に振った。

そんな風に言われたら、さくらはがぜん負けん気が起きる。

「やってみなくちゃ、わからないでしょ」

与太話《よたばなし》をしているうちに、さくらたちは神明門前町に入っていた。言わずと知れた飯倉神明宮《いいくらしんめいぐう》の門前町だ。

柳屋清兵衛の店は、町屋の南角から七軒目にあった。

老舗だけあって棚のうえにならべられた煙管は、いずれも逸品ぞろいだった。

煙草を吸わないさくらでも、渋い黄金色《こがね》に輝く煙管は手に取ってみたくなる。

ほかに客の姿はなく、紹介してくれた町人の名を告げると奥の座敷に案内された。

「今津屋《いまづや》さんの紹介ですか。するってえと、ご用の向きは、もしや刀のことですかい」

清兵衛は気さくな口調で言った。

評判どおり座敷には刀剣商さながらに刀が所狭しと置かれている。

「先日殺された同心の伊坪幸之助さまのことで、清兵衛さんがなにかご存じであればうかがいたくてまいりました。聞けば、生前この店によく出入りしていたとか」

刀のことではないと知り、清兵衛は落胆した様子だった。

同時に、さくらたちに警戒心を抱いたようで、顔つきが堅くなった。

「失礼ですが、あんたらと伊坪の旦那とは、どのようなご関係で？」

「じつは幸之助さまと一緒に殺された同心の奥方から、下手人の目星をつけてほしいと頼まれたのです。そこで殺された二人の人となりを調べております」

さくらは正直に告げた。

中途半端な嘘をつくと、あとでつじつまがあわなくなったとき、相手によけいな不信感を持たせてしまう。

清兵衛はこくりとうなずいた。

「武家のご内儀とお見うけしましたが、女だてらに同心殺しの探索とは勇ましい。もっとも、町奉行所も役に立たねえですからなあ。あっ……今の話はここだけにしといてくださいよ。そのかわりと言っちゃあなんだが、伊坪の旦那について知ってることは洗いざらいお話しいたしましょう」

「ありがとうございます。幸之助さまはどのような方だったのですか」

「ま、昔から黄金刀《こがねがたな》も乞《こ》うてみよ、などと申しますが、それを地で行くような旦那でしたね」

清兵衛は痩せて骨張った体をしており、いかにも職人らしい風貌をしていた。

「黄金刀も乞うてみよ」とは、無理だと思うことでも、あたってみれば願いがかなうかもしれないという意味のことわざである。

清兵衛は根っからの刀剣好きとあって、たとえ話もすべて刀にからめていた。

「何事も諦めずに一度はやってみる、という方だったのですね」

先の曲多円次郎とは真逆の、手堅い人柄だったのだろうか。

ところが清兵衛は頬のこけた顔に投げやりな苦笑を浮かべて首を横に振った。

「いいや、しつっこくて、諦めが悪くてね。とくに金子《きんす》にはとりわけ……」

「つまり金に汚かったってぇわけかい」

幸之助も、あまり歓迎された同心ではなかったようである。

「商人《あきんど》にとって、町奉行所の旦那方には、いろいろと面倒をみていただかなくてはなりませんから、つけ届けってぇのをいたしやす」

「つけ届けなんざあ、べつに珍しいことでもねえだろ」

盗みがあったときは、科人のみならず盗まれた者も町奉行所に出頭しなければならない。

そのさい家業を休まねばならず、しかも証人としてつきそう家主の日当まで払わねばならなかった。

ときにはそれが盗まれた金額よりも多くなることがあり、そんなときには同心に頼んで盗難の事実を調書から抜いてもらうのだ。

町奉行所がからんでくると万事そんな具合なので、日ごろから融通のきくように同心を抱きこんでおかねばならなかった。

「まっ、ていどの問題ですがね。盆暮れならともかく、いくらなんでも店に立ちよるたびに袖のしたを要求されたんじゃあ、たまったもんじゃありません。そしてひとたび金子を手渡すと、やめることができなくなっちまう。まさに抜き差しならねえことになるんでさあ」

またもや刀のたとえをからめてきた。

「抜き差しならぬ」とは、文字どおり刀が錆びついて抜けなくなることをいい、つまり身動きがとれなくなることを意味する。

清兵衛の刀剣好きは相当なものらしい。

「挙げ句の果ては飲み食いの代金まで、わたくしどもに払わせる始末。この近くの小間物問屋にいたっては、伊坪の旦那が吉原で大盤ぶるまいしたツケまで尻ぬぐいさせられ、鐺《こじり》がつまって夜逃げしたぐれえで」

「鐺」とは刀の鞘の末端のことである。そこが「つまる」と刀の抜き差しがままならなくなるので、つまりは借金の返済ができなくなることを意味する。

国芳が大きなため息をついた。

「じゃあ、あんたも幸之助が殺されたと聞いて、祝杯をあげた口だな」

「滅相もねえ。そんなことをすれば、刀の刃のうえを渡るようなもんでさ。どこで誰が見てるかわかりゃしません。町奉行所から不穏な輩《やから》と見なされでもしたら、おまんまの食いあげですからね」

清兵衛は訥々《とつとつ》と語りつづけた。

しかし伊坪幸之助の末路を語る段になると、声に憐《あわ》れみがにじんだ。

「伊坪の旦那の派手な金遣いは、町奉行所のほうでもわかっていたみてえで、十五になる跡継ぎがいたんですが、伊坪家は財産没収のうえ、永《なが》のおいとまをいただく羽目になっちまったんでさ。残された妻子は伊坪の旦那の弔《とむら》いすらろくにできねえまま、どこかに流れていったとか……」

幸之助もまた、町奉行所のなかでは愛妻家として知られていたと清兵衛はつけ加えた。が、そのあとは、ふたたび元の感情を交えない語り口にもどっていた。

「それよりも、次においでになる旦那が頭の切れるお方かどうか、仲間うちでは一番気になっておるところでやす」

刀同様、役人も切れる（商人にとって役に立つ）人物が望ましいと言いたいのだろう。

清兵衛の刀のたとえ話の連発には、最近、刀に興味を持ちはじめた国芳も、さすがに辟易《へきえき》とした様子である。

さくらは話題を変えてみることにした。

「幸之助様は、ここからそう遠くない場所でもう一人の同心と一緒に殺されました。そのときの様子を見た者はいないのですか」

幸之助が殺されたのは、いつもどおり三田方面から帰ってきた円次郎と大門通りで落ちあい、八丁堀へ帰っていく途上だったという。

「町奉行所からも同じことを聞かれやした。旦那方が殺されるところを見た者はおりません。お二人がぶっ倒れているところを見つけた者が大騒ぎして町奉行所に届けでたしだいでして……うーん、ちょっと待ってくだせえよ」

「なにか心あたりでも？　なんでもいいから、思いだしたことがあれば教えてください」

清兵衛は首をひねりながら口を開いた。

「まあ、同心殺しに関係ねえとは思いますが、旦那方が殺される前、背の高い女と話していたと聞きやした。かなり美形の女だったとか」

「おいらたちが捜しているのは二人の同心を同時に殺した下手人だ。女は関係ねえ」

国芳が諦め顔で言う。

「そうかもしれないけど、唯一の手がかりになるかもしれない話よ。清兵衛さん、その女を見たという人に会ってみたいんですけど」

「あっしも人づてに聞いただけで、それ以上のことはわからねえなあ……」

清兵衛はそう言って鼻先を指でかいた。

三

屋敷に帰ったさくらは、紋四郎がもどってくると、この日の出来事を報告した。

紋四郎は、さくらが同心殺しを捜しはじめたと聞いて、あまりいい顔はしなかったが、いったん難題相談を認めてしまった以上、小言は言わなかった。

「殿さま、今の話、どうお思いになりますか」

「すべての役人とは言わぬが、江戸の町を取り締まる同心がそこまで腐っていたのでは、町人たちが世も末だと嘆きたくなる気持ちもわかるな」

そう返事はしたものの、紋四郎は心ここにあらずといった風情だ。

さくらの話を聞きながら、目元は定まらず、ときとして、なにかを告げたそうにする。

さくらはかまわず話を先に進めた。

「二人の同心とも、その死を嘆いているのは家族ぐらいで、むしろ喜んでいる人のほうがずっと多い。これって偶然でしょうか」

「さあ、どうだろう……」

今宵、紋四郎は、さくらの話をまともに聞くつもりはないようだ。

二人は奥の間にいた。

壁には松本針之介の遺歌を納めた額が飾ってある。

櫨紅葉《はぜもみじ》
よろずの民の
血のごとし
散るこそ華と
我が道をゆく

この遺歌は、紋四郎のもとに届けられた針之介の愛刀虎徹の柄巻にさしこまれていたものだった。壁の穴を隠すのにちょうどよいと額にして飾ることにしたのであった。

さくらは声に出して遺歌を詠《よ》みあげてみる。

「殿さま、この歌は、民の血、つまり民の苦しみを見かねた針之介さまが世を憂《うれ》い、世直しの決意を示したものですよね」

「おそらくはな」

紋四郎はなぜか眉をゆがませた。

「針之介さまは茶屋の一室で『先生』と呼ぶ相手から、世直ししなければならないという信条を吹きこまれていました。その『先生』さえいなければ、針之介さまが道を誤ることはなかったと、わたしは思うのですが」

昨年、さくらは国芳と一緒に出会茶屋に乗りこみ、壁を介して針之介と『先生』の密談を盗み聞きした。

それがため、さくらは針之介に見つかって捕らえられ、八ツ山の頂で危うく命を落とすところだった。

言わば、さくらが命がけで聞きとった話だった。

「それがしも同じ思いだ。その男は許せない」

それまで茫洋《ぼうよう》としていた紋四郎の眼に怒りの色が浮かんできた。

さくらは頭のなかで朧《おぼ》ろげだったものが、ふいに形を表したような気がした。

「定町廻り同心は、江戸市中をじかに取り締まるお役人です。それが無惨にも殺されたとあっては、町奉行所の権威は地に墜ちてしまう。ひいては公儀のご威光も揺らいで……」

さくらはそこまで言って口を閉じた。

「さくら……なにが言いたいのだ」

『『先生』は公儀転覆をめざすと断言していました。もしや、針之介さまのときと同様、こたびの同心殺しも『先生』の差し金では」

殺された同心たちは、いずれも町人を苦しめていた者ばかりで、あの家主の田辺金太郎にいたっては同心殺しを喝采《かっさい》していたではないか。

『先生』が語っていた民の心を味方につけるという策略なるものは、今回も共通しているのではないか。

だが、さくらの言葉は紋四郎の心には響かなかったようだ。

「御身の考えにも一理あろう。だが、こたびの一件だけでは、そこまで言いきれまい」

依頼を受けた同心殺し捜しは、全力を挙げてつづけていくつもりだが、それと同時に『先生』の正体も探りださなければならない。

紋四郎には同意してもらえなかったが、さくらには、それが同心殺しに迫る一番の近道に思えてならなかった。

第三章　陰の耳

一

紋四郎は荏原郡谷山村《えばらごおりややまむら》にある大三郎の屋敷にむかっていた。

本来ならば、石川家の主である紋四郎は、谷山村の屋敷に住むところなのだが、みずから望んで高輪南町に住んでいる。

しかも、谷山村は高輪南町から目と鼻の先にあるにもかかわらず、大三郎のもとには月に一度も訪れていなかった。

とにもかくにも大三郎が苦手で、顔をあわせるのが億劫《おっくう》だったからである。

性格そのものがあわないというのが一番の理由だが、大三郎の光之進の可愛がりようは尋常でなく、その裏返しのように紋四郎に辛くあたることも気の進まない理由のひとつだった。

土塀《どべい》に囲まれた千坪はある広い屋敷の門前に立った紋四郎は、大きく深呼吸をした。

これから大三郎と相まみえることになる。

いつも会うたびに大三郎は予想もつかぬような難題を紋四郎に突きつけてくる。

それを思うと今から憂鬱《ゆううつ》な気分になる。

冠木門《かぶきもん》をくぐると、目の前に大きな茅葺《かやぶ》きの母屋が建っていた。

母屋から下男が出てきて、紋四郎に頭をさげた。

「紋四郎さまですね。大旦那さまがお待ちかねです」

見慣れない顔だ。

「初めて見る顔だな。前に奉公していた者はどうしたのだ」

「へえ、大旦那さまの勘気《かんき》にふれて、ひまを出されたそうでございます。なんでも風呂を焚《た》くとき薪《まき》をつかいすぎるとかで」

吝嗇《りんしょく》な大三郎らしい、と紋四郎は思う。

新しい下男は、それまでいた下男同様、薄汚れた野良着を着ていた。

奉公人の給金もほかの家よりかなり少ない。よくぞ後釜が見つかったものだと言いたくなる。

「おまえもせいぜい気をつけることだ。父は無駄づかいを忌《い》み嫌う。思いかえせば、以前いた下女も、釣り銭が一文足りないという理由でひまを出された」

あとで紋四郎が確かめてみると、下女が着服したのではなく、単に商人が釣り銭を間違えただけだった。

それを大三郎に伝えて下女をもどすように勧めたのだが、大三郎は頑なに拒んだ。

むしろ自分に都合の悪い話を持ちだしてきた紋四郎を激しく叱責《しっせき》した。

「へえ、そうなんでございますか。くわばら、くわばら。あっしは数をかぞえるのが大の苦手なんで、こりゃあ長くはおれそうもありませんなあ」

よほど脳天気な性格なのか、下男は人ごとのように笑った。

男は主人の吝嗇話《りんしょくばなし》をもっと聞きたそうな顔をしていたが、紋四郎は話を打ち切って母屋に足をむけた。

大三郎がいる奥の座敷へとむかう。

この日は珍しく紋四郎のほうから訪問を告げてあった。

「なんの用で来た。わしは忙しい。手短に話せ」

しばらく訪れないでいると必ず「親不孝者」呼ばわりするくせに、紋四郎から訪ねていくと、この言いようだ。

のっけからいやな気持ちにさせられる。

黒々とした太い眉のしたの、いかにも気難しそうな眼が紋四郎をにらんでいた。

その視線には鋼をも射抜くのではないかと思わせる鋭さがあり、初見の者は例外なく身をすくませた。

紋四郎はもう慣れているが、むしろ大三郎の眼が蜥蜴《とかげ》のように無表情になったときの恐ろしさが身にしみていた。

その眼をむけられた者は、弟子であろうと、紋四郎であろうと、周囲がとめに入るまで打擲《ちょうちゃく》されることになる。

峻厳な鼻が象徴するように、その性格は頑固一徹このうえない。

厚みのある唇からは、紋四郎に対し、労《いたわ》りとはほど遠い苛烈な言葉しか発せられなかった。

「父上におかれましては、ご機嫌麗《うるわ》しくお歓び申しあげます」

紋四郎はいつものように慇懃《いんぎん》な決まり口上の挨拶をしてから、おもむろに本題に入った。

「ひとつ、おうかがいいたしたき儀が。父上は陰仕えの務めについて、それがしにまだ伝えておられぬ事柄があるのではございませぬか」

「たわけた事をぬかすな。わしは陰仕えの務めをおまえに譲ったときに、すべて申し伝えてある」

　それは——

　紋四郎は、ある出来事から大三郎に対して不審を抱き、今日訪ねてきたのだった。

「父上が隠居なされる前、すなわち紋四郎を名乗って陰仕えの務めをされておられたとき、ひんぱんに人の出入りがあったのを子供心によく憶えております」

　石川家の当主は、つねに「紋四郎」を名乗っていた。

「商人、百姓、職人、ときには役人まで、さまざまな者が屋敷に訪ねてまいりましたが、何度か見かけているうちに、そのうちの何人かは立場や貴賤《きせん》が違うものの、じつは同一人物だということに気がつきました」

「それがどうした」

「しかるに先日、それがしがこの屋敷を訪れたさい、当時、出入りしていた者を見かけたのでございます。旅の修行僧を装っておりましたが」

　変装してまで素性を隠した者が出入りするのは、なんらかの情報を大三郎にもたらすためと考えざるをえない。

　もはや隠居となった大三郎には無用のことではないか。

　それが今も出入りしているとなれば、大三郎がいまだに紋四郎に譲っていない陰仕えの務めがあるのではないかと疑うのは当然の帰結であろう。

「似た者はよくいるものよ。おまえがなにを言いたいのか、よくわからぬが、くだらぬ詮索はやめて、陰仕えの務めに精進いたせ」

「父上、それでは答えになっておりませぬ。あの男は間違いなく以前、姿を変えながらこの屋敷に出入りしていた者。先日はなんの用件で訪れたのですか」

紋四郎はこの日、性根《しょうね》をすえていた。

それぐらいの心がまえがなければ、まともな話などできない相手だとわかりきっているからである。

「よいか、わしは、おまえに隠し事などしておらぬ。幻蔵からなにか吹きこまれたのか。あの男は信用ならぬ。仕置きの命はともかく、そのほかのことは疑いの目で見ておくべきだぞ」

その言葉だけは大三郎の弁ながら共感をおぼえた。

「幻蔵は関係ございませぬ。父上、しかとわが問いにお答えくだされ」

「そう言われても、答えようがない。おまえの見当違いだからだ。そう言えば、おまえの髷《まげ》だが、いよいよ風前の灯火となってきたようだな。ついでに眼まで老いたと見える。ちょうどよい。そろそろ隠居の覚悟を決めたらどうだ」

大三郎は逆襲するがごとく、この日も紋四郎の髪の毛と隠居の話を持ちだしてきた。近年、訪ねるたびに聞かされる説教であり、なおかつ紋四郎がもっとも触れられたくない話題だった。

「なにをおっしゃいます。この眼はたしかでございます」

髪も薄くなったとはいえ、紋四郎はまだ二十八歳である。

大三郎の言いがかり、いや、いやがらせとしか思えなかった。

「だが、ありもしない事を見たと、まだ言いはるのであれば、その眼を疑わざるをえぬ」

なんという言い草であろうか。大三郎はこれ以上、紋四郎がおのれの主張をくりかえすならば、石川家の当主としての資格がないものと判断するというのだ。

隠居したとはいえ、石川家における大三郎の発言力は強い。

単純な言いがかりならともかく、その理由まであげられて隠居を宣告されては、紋四郎に太刀打ちできるはずもなかった。

紋四郎は、おのれの不審に答えてもらうこともできず、すごすごと引きさがるほかなかった。

二

同日夜――

稽古場の中央に石川大三郎が片膝をついて座っていた。

二百坪近い母屋のとなりに建てられた稽古場は、これまた五十畳と広かった。

稽古場の板の間には、大三郎のほかに一組の男女がおり、大三郎の一挙手一投足を見守っていた。

一組の男女とは、紋四郎の弟、光之進とその生みの親である母、あきである。

大三郎を取り囲むようにして六本の燭台《しょくだい》が高低、間隔をそれぞれ違えてならべられ、百目蠟燭《ひゃくめろうそく》が灯されていた。

おもむろに大三郎が立ちあがって「むん」とばかり充満した気迫を放つと、光之進らの顔が怯《おび》えたように強張った。

大三郎は取り囲む燭台を、群がって攻めてくる雑兵《ぞうひょう》に見立てていた。

鋭い目でぎょろりと睥睨《へいげい》する。

すると、あろうことか燭台の炎が恐れをなしたかのように、ゆらゆらと揺れ動いた。

「しぇいっ！」

大三郎が気合の一声を放って刀を一閃させると、六本の蠟燭の炎がすべて消え失せた。六本の蠟燭の芯を一瞬にして撫《な》で斬りにしたのである。

稽古場の中央は闇におおわれ、大三郎の姿も六本の燭台も闇に沈んだ。

ひと太刀振りまわすだけですべての蠟燭を消しさるのは不可能である。高低を変えて剣尖を流さなければ、高さの違う蠟燭の芯を撫で切りすることなどできない。

その動作が一連の流れに見えるほど素早くなめらかな剣さばきだった。

闇が息苦しいまでにあきと光之進に迫ってきた。

あきが恐る恐る進みでて、順ぐりに燭台に火を灯していくと、大三郎の巨大な影が幾重にも重なって稽古場の壁に映しだされた。

「父上、今の技をそれがしに伝授してくださるのですね」

光之進の甲高い声に、大三郎は相好《そうごう》を崩してうなずく。

「しかと見たか。何十人もの敵に囲まれて刃を突きつけられたら、誰しも絶体絶命と思うだろう。だが、この〝六人斬り〟さえ身につけておれば、囲みを斬りぬけるのは容易い。いや、むしろ取り囲まれているからこそつかえる技なのだ」

「面妖なことをおっしゃいます。それがしにはわけがわかりかねますが」

こんな事もわからぬのか、とばかり大三郎の顔には落胆が浮かんだが、不足を感じる分、光之進が可愛くてならないらしい。

師の平山行蔵から離れてのち、大三郎はこの稽古場で剣術道場を開いていたが、紋四郎が高輪南町の屋敷に移ったとたん、道場主の座を光之進に譲っていた。

大三郎が道場主であったころは門人が溢れかえるほど流行っていた。

ところが光之進の代になると門人は次々と去り、今では十日に一度ほど手習いに飽きた娘たちを相手に稽古をつけるという体たらくだった。

「敵が何十人いたとしても、実際に取り囲む人数は六人が限度。それより増やすと、たがいの動きを邪魔してしまう。すなわち敵が何人いても、六人ずつ片づけるこの剣技さえあれば事足りるということだ。取り囲むことによって、囲うた側の者たちの動きは制限される。それゆえ蠟燭を撫で切りする要領で斬り伏せることができるのだ」

存分に刀を振るえぬ相手ゆえにつかえるという剣技の神髄を大三郎は説《と》いた。

光之進は「なるほど、なるほど」といかにも理解したかのように、のっぺりとした顔を何度もうなずかせたが、技の凄さ、華麗さばかりに気をとられているようで、どこまで大三郎の秘剣が伝わったかは怪しいものだった。

刀を鞘に納めた大三郎は、光之進とあきの前に座った。

「今宵は秘剣を見せるために、おまえたちを集めたのではない」

「それでは、なにゆえに」

「光之進。おまえは近々、紋四郎に替わって陰仕えの務めを継ぐことになる」

光之進は二十三歳にして、いまだ幼さを残す顔をかしげた。

「父上、陰仕えとは、いかなる務めなのでございますか。初耳でございます」

「上さまの命にて徳川の世を乱す狼藉者《ろうぜきもの》を仕置きするのが、その務め。御神君（家康）と、われらがご先祖、箇三寺（石川数正）さまとの密約に始まって、極秘裏に石川家代々の者たちは、その任をこなしてきた。そして今は、わしから任を引きついだ紋四郎がその務めを果たしておる」

陰仕えの務めは一子相伝《いっしそうでん》の秘伝である。引きつがぬ者には、その務めの存在すら知らされていなかった。

「兄者に替わってとは？」

「紋四郎を陰仕えの務めから解いて、おまえが跡を継ぐのだ」

「兄者は了解しておるのでございますか」

「紋四郎の意思など関係ない。すべては、このわしが決める。紋四郎はわが子にあらず。あれは、わが正妻であったとしが不義によってこしらえた子。血のつながりのない男など、わしにとっては虫けらほどの値打ちもないわ」

大三郎の言葉を聞いて、光之進はのけぞらんばかりに驚いた。

「なんと……兄者は父上の子ではないのですか……初めてうかがいました。このこと兄者は存じておるのですか」

「知るわけがなかろう」

光之進は驚きのあまり、まだ歯をがちがち鳴らせている。

たしかに大三郎と紋四郎とでは顔や体つき、さらには性格もずいぶん違っていた。血のつながりがないのであれば、得心のいく違いであった。

「不仲ゆえ、としとの間には子ができなかったので、不義の子であるにもかかわらず、やむなく紋四郎をわが子として育てたしだい。その五年後に光之進、おまえが、わしとあきとの間に生まれたのじゃ」

光之進は、あきが石川家にて行儀見習いの奉公をしていたときに大三郎が産ませた子だった。

「本来であれば、おまえに陰仕えを継がせたいところだったが、かりそめとはいえ長子である紋四郎に継がせざるをえなかったのだ」

「どうして今ごろになって、それがしに継がせる気になられたのでございますか」

「少々こみいった話ではあるが、よく聞け。先ほど、わしは陰仕えの務めは公儀にとって邪魔な者を仕置きすることだと申したが、それは陰仕えのひとつの務めにすぎない」

「と言われますと、ほかにも陰仕えの務めがあるのでございますか」

「うむ、そうだ。大名や旗本、あるいは大店、大庄屋にいたるまで、怪しき者どもの内情を秘かに探って把握し、必要とあらば上さまにお伝えする役目だ。

たとえば公儀に謀反を起こそうと画策《かくさく》する大名がいたとしよう。その動きをつぶさに調べあげて上さまにお報せすることこそ、陰仕えの本来の務め。箇三寺さまは豊臣秀吉に身売りすることで豊臣の悪しき企みを逐一、御神君にお伝えしておったのじゃ」

光之進の後ろに控えていたあきが満足そうにうなずくと、口をはさんできた。

「そのような探索こそ仕置きなどより、はるかに大切な務めにございますね」

大三郎はこれをたしなめずに、むしろ誇らしげにうなずいた。

「あき、そのとおりだ。じつは、わしが紋四郎に引きついだのは、不届き者を仕置きする役目だけで、大名らの内情を探る役目は、いまだわが手中に残してある。紋四郎に忍びの者どもをまかせるのは時期尚早という名目でな。それゆえ、紋四郎は陰仕えにもうひとつの役目があることをまだ知らぬ」

「では、陰仕えの本領はまだ大旦那さまの手のうちにあるのでございますね」

あきがまた口をはさんできた。

「そのとおり」

大三郎は満足そうに歯を見せて笑った。

あきは女にしては、かなり厳《いか》つい顔だちをしていた。

切れあがった目やどっしりとした太い鼻筋は、男顔といってもいいだろう。ただ口元には愛嬌があり、笑えば頰にえくぼもできる。

女らしさを感じさせる一面もあるのだが、たとえば笑うと顔全体の均衡が崩れてしまうので、醜女《しこめ》といわざるをえなかった。

だが大三郎は醜女であるあきをことのほか愛《め》でた。知恵まわりのよい者特有のはっしとしたふるまいが好みだったのである。

そのうえ床入りすれば、顔の醜さなど忘れさせてしまうほど淫《みだ》らな技にたけていた。

それは五十間近の、女のあつかいに慣れているはずの大三郎さえ翻弄《ほんろう》されてしまうほどであった。

正妻のとしが、夫婦の契《ちぎ》りをはしたないものと毛嫌いし、しぶしぶ大三郎を受けいれていたのとは大違いだった。

「わしのもとには上さまにお伝えすべき重大事のほかに、商人や役人たちの汚れ話がごまんと入ってくる。それを種に大店の主や役人たちを強請《ゆす》れば、面白いほど金子が転がりこんでくるのだ。忍びどもが集めてきた内情のほとんどは上さまにとって、役に立たぬガラクタにすぎぬが、このわしにとっては宝の山、打ち出の小槌《こづち》というわけじゃ」

天から小判が降ってくるような話だが、じつは大三郎が思いついたわけではなく、ある者が悪知恵を授けたのであった。

「なるほど、打ち出の小槌を手放すわけにはまいりませんね」

光之進が目を輝かせた。

愛嬌のある口元こそ生みの母に似ているが、あとは両親のどちらにも似ず特徴のないありふれた顔だちをしていた。

「紋四郎を隠居させてしまえば、わしは光之進にすべての陰仕えの務めを譲ったことにしながら、今までどおり金儲けができるというものじゃ」

「えっ……」

光之進が訝《いぶか》しげな顔をした。

この男も父親そっくりの強欲者で、おのれは名を貸すだけで父親がうま味をすべて独占するのが面白くないのである。

しかも光之進は、大三郎と違って金子をかき集めるだけではなく、湯水のごとく費消《ひしょう》することも大好きな男であった。

「だが、悠長な事を言っておれなくなった。紋四郎の奴め、陰仕えのもうひとつの務めに気づいたらしいのじゃ」

「げげっ……」

光之進があからさまにうろたえた。

「おちおちしておれば、陰仕えのうま味を奴めにごっそり持っていかれるやもしれぬ」

大三郎にそう言われて、光之進は慌てふためいた。

「どうぞ父上、それがしの名、存分におつかいくださいませ」

光之進は両目をおどおどと動かしながら大三郎に媚びるような物言いをした。

大三郎にとって光之進をあやつることなど、赤子の手をひねるより容易いことであった。

じつは大三郎は屋敷のなかに隠し蔵をしつらえて、大名や商人から強請りとった金品を仕舞いこんでいるのだが、そのことを光之進に教える気はさらさらなかった。

ひとたび教えようものなら、筋金入りの強欲な光之進のことである。おのれもあやかろうと、あの手この手を画策するにちがいないからだった。

「父上、兄者を、いや紋四郎めを隠居させるのは、いつで？」

「気の毒にな、遠からず紋四郎は禿が進んで髷が結えなくなる。髷の結えぬ者は武士としてうとまれ、登城すらままならなくなる。そのときこそ、すみやかに隠居して陰仕えの務めをおまえに譲るよう言いわたしてある」

「なるほど」

光之進はおのれの髷を指先で誇らしげに撫でながら何度もうなずいた。

紋四郎とは真逆で、光之進の毛髪は常人よりも豊かだった。

「だが、きゃつが陰仕えのほかの務めに気づいたとなれば、うかうかしてはおれぬ」

「どうなさるおつもりで」

「心配いたすな。耳よりな話を入手したのだ。紋四郎はいやがうえでも隠居せざるをえなくなるであろう」

「それは、いかような話で……」

「そう焦るな。いずれ教えてやる。おまえは、わしの言うとおりにしておれば、それでよいのだ」

大三郎は光之進をまったくあてにしていないのだった。

愚かな光之進に余計な事をされては元の木阿弥《もくあみ》になりかねないからである。

「それまで、わたしどもは余計な事をせねばよろしいのですね」

物足りなさを感じさせる光之進と比べ、あきはどこまでも抜け目がない。

大三郎の意図を先取りして、光之進につまらない問いかけを許さなかった。

なぜか大三郎は、あきに気づかわれるたびに、閨房《けいぼう》での痴態を想起した。

大三郎は卑猥な想いを胸に秘めながら、あきに告げた。

「あき、当分の間、おまえは隅田村《すみだむら》の実家におればよい。紋四郎を廃し、光之進が正式に陰仕えの身分となったおりには、晴れて妻として迎えよう」

「ありがたきお言葉。そうなれば、幸せの限りでございますが、あきは見てのとおりの醜女。しかも身分も異なるゆえ、大旦那さまのもとに嫁ぐなど滅相もございません」

あきは、おりに触れ、このようにわざと拗《す》ねてみせるのだった。

今宵の褥《しとね》にも、このような駆けひきの台詞《せりふ》を持ちこんでくるにちがいない。

そう思うと、大三郎は我知らず閨の睦《むつ》み事が待ち遠しくなる。

「これまで、わしが口に出して、かなわなかったことがあるか」

大三郎は寝物語を語るときと同じような口調で問いかけた。

「いえ……ひとつもございませぬ」

あきが神妙に頭をさげる。

この阿吽《あうん》の呼吸が、大三郎にはたまらない。

なれど、お愉しみはあとに取っておくものだ。

「これ以上の問答は無用。おまえたちの役目は息を殺して刻を待つことだ」

大三郎はぴしゃりと話を打ち切った。

光之進にむかって念押しする。

「光之進、おまえは陰仕えを引きつぐときに備えて、しっかりと両眼を開けてわしのふるまいを見ておれ。そして早く嫁を娶《めと》り、子づくりに励め」

「はっ……一日も早く嫁を娶り、子づくりに励みまする」

光之進は先日、大三郎に諭《さと》されて身持ちの悪い愛人と泣く泣く手を切らされたばかりであるにもかかわらず、馬鹿正直に大三郎の言葉をくりかえした。

大三郎には、光之進に娶らせる女についてもすでに腹案があった。

大三郎にとっては、愛するわが子であっても、おのれの人生を輝かせるための駒にすぎないのであった。

三

大三郎の屋敷を出た紋四郎は、夕陽の射す道を悶々としながら歩いていた。

あきらかに大三郎は紋四郎の問いかけをはぐらかそうとしていた。

それを追及しきれなかったおのれが情けない。

だがあのとき、どうすればよかったのかと、みずからに問いかけても答えは得られなかった。

おまけに、またしても隠居を迫られてしまった……

考えこみながら歩いていると、コツンと頭に木の実があたった。

ふだんの紋四郎ならば気配を察知して、いとも容易くよけることができたはずなのだが、今宵は違った。

頭上を見あげたが、煌々《こうこう》と輝く満月が風に揺れるばかりで、それらしい木の枝は見あたらなかった。

紋四郎は顎に手をもどして、また歩きはじめた。

するとまたしばらくしてからコツンと頭に木の実があたった。

紋四郎はぎょっとして視線を八方にめぐらせた。

「ケッ、たわいもない奴だ」

どこからともなく響く風の声を聞いたような気がした。

だが、あたりをいくら見渡しても人の気配は感じられない。

「どうしようもないぼんくらだな」

今度は風が笑った。

紋四郎は、もう一度周囲を見まわす。

すると薄闇のなかから、ぼんやりと細身の男の影が浮かびあがってきた。

近づくにつれ朧ろげな影は、やがて黒装束を身につけた紋四郎と同年配の男の姿となった。

紋四郎への敵意や殺気は感じられなかったが、ただならぬ張りつめた雰囲気をまとった男だった。

「何者だ」

紋四郎は身がまえた。

「おまえさんさえ、しっかりしてくれていりゃあ、俺はとっくの昔に幻蔵を継ぐことができたのになあ」

黒装束の男は、そう言うと歯を見せて笑った。

幻蔵によく似た渋みのある声だったが、若やいだ響きをともなっていた。

紋四郎は直感的に悟っていた。

「あ、兄者なのか……」

これまで何度会いたいと思ったことか。

面長な顔をしており、すっきりとした細い眉のしたに思慮深そうな眼があった。

鼻梁は眉間からくっきりと長く、男にしては小鼻の張りが小さい。

小さめの口をきりっと結んだ表情には、紋四郎が夢で憧れていた兄の姿を超える凛々《りり》しさがそなわっていた。

「ぜひとも礼を言わせてくれ。半年前、兄者の手当てがなければ、それがしは命を失っていた。こうして生きていられるのは兄者のおかげだ」

剣死郎は口元に笑みを浮かべたまま言った。

「礼などいらぬ。そんな話をするために姿を見せたわけじゃない。おまえさん、大三郎の屋敷からの帰りだろ」

「そのとおりだが」

「大三郎とどんな話をしてきたかは知っている。とてもじゃないが、聞いておられなかったぞ」

「まさか盗み聞き……」

紋四郎は驚いた。

「あの体たらくは、なんだ。大三郎になにを言われようと怯むんじゃないよ。おまえさん、聞きたいことがあったから、わざわざ出かけていったんだろ。それなのに、なにも聞きだせずに、すごすごと帰ってきた。あれが俺の弟かと思うと情けなくなるぜ」

眉、眼、鼻、唇、どれもがどぎつい幻蔵の顔とは似ても似つかなかったが、その物言いは幻蔵に酷似しており、遠慮なしに歯に衣着せぬ毒舌で紋四郎を責めたててきた。

「俺に言わせりゃあ、おまえさんは、ぼんくらのなかの大ぼんくらだ」

いや、たとえ方がはっきりしている分、幻蔵よりキツイかもしれない。

そんな兄の身もふたもない罵倒を聞いているうちに、紋四郎のなかでなにかが吹っ切れた。

「兄者に聞かれていたとは……」

そうつぶやくや、紋四郎は唇を噛みしめて乾坤一擲《けんこんいってき》の一閃を放っていた。

夜陰に剣風がうなる。

「くくっ、甘い、まだ甘い」

剣死郎は後ろに跳びすさって難なく紋四郎の居合をかわすと、幻蔵そのままの言い草で紋四郎を嗤った。

「とんだご挨拶だな。よいか、よく聞け。命がけの修行を経た俺にとって、おまえさんの居合なぞ鈍牛の突進のようなもの。まだまだ修行が足りんぞ」

剣の道に命を賭《と》した者のはしくれとして、剣死郎の素速い身のこなしには舌を巻かざるをえなかったが、よもや剣死郎の名が元は「剣四郎」で、厳しい修行のすえ、幻蔵に許されて「剣死郎」を名乗っていたとは、このときは知るよしもなかった。

「これからは俺の目がいつでも光っていると思え。というか、前々からおまえさんのことは逐一見守ってきたけどな」

「そうだったのか。そう言われてみれば、思いあたるふしがある。けれど、なんだか心強いぞ」

素直な気持ちでうなずいた。

「おまえさん、そんなこと言ってるから、まだまだなんだよ。そんなだから、大三郎の思うがままにされてしまうんだよ」

なぜか剣死郎はおのれの父親を呼び捨てにしていた。

「そもそも大三郎がどうしておまえさんの疑問に答えようとしなかったのか、理由がわかるか」

「いや……その理由とは」

「教えてやるよ。大三郎は陰仕えの務めをすべてわが物にしようと目論んでいるのさ」

「陰仕えのすべてをわが物……たしかにそれがしを隠居させ、弟の光之進に陰仕えの務めを譲らせようとしておるが……」

「とんだ方便だぜ。きゃつは光之進を表に立てて、そのじつ、陰仕えのすべてを手中に収めようとしているのさ」

「先ほどから陰仕えのすべてと言っているが、どういう意味なのか」

「すべての世の仕組みがそうであるように、陰仕えにも表の務めと裏の務めがある。あやつは表の務めのみ、おまえさんに引きついだが、裏の務めは、おまえさんがまだ未熟だという理由でおのれの手元に残しているのさ」

剣死郎は憎々しげに語った。

「しかし、それでもいつかはおまえさんに譲らねばならないときが来る。ところが大三郎は裏の務めを金子に変える術を見いだした。だから手放したくないのさ。一日も早くすべての務めをおまえさんに譲りわたすよう、再三にわたって催促しているおかしらの言葉を無視しつづけているんだ」

おかしらとは幻蔵のことだろうか――

「裏の務めとは？」

「言わば、陰の耳よ。この世の裏側には、欲と闇にまみれた隠し事や儲け話がいくらでも転がっている。それを探りだして見張る務めだ」

やはり紋四郎の感じた不審の数々には、それらを裏づける根拠があったのだ。

紋四郎が見かけた謎の男は、裏の陰仕えのために働く者だったにちがいない。

剣死郎の話はつづいた。

「探りだした内密のなかには、徳川の世を揺るがしかねない重大事もある。即座に潰《つぶ》さねばならないと上さまがご判断されたときは、表の陰仕えが動くというわけさ」

「裏の陰仕えが、なぜ金子に変わるのか」

「容易い話。炙《あぶ》りだした汚れ話を本人にぶつけて、これをあからさまにしないことを条件に見返り金を絞りとるって寸法よ」

だが、それは上さまに対する忠義を逸脱《いつだつ》する不埒《ふらち》きわまる行為ではないか。許されざる裏切り行為にほかならない。

「大三郎にも焦りが見える。いつまでも裏の務めをわが物としているわけにはいかぬからな。だからこそ、おまえさんを早く隠居させて、あやつり人形の光之進を後釜につけたいのさ。光之進も欲深いが、大志を持たぬ小人《しょうじん》ゆえ大三郎にとっては与《くみ》しやすし。餌をちらつかせれば思いどおりに動かすことができる」

そうだとすると、今日の自分のふるまいは軽率だった。

紋四郎はようやく気がついた。

紋四郎が裏の務めに気づきはじめたと知った大三郎は、紋四郎をなるべく早く廃するために新たな手だてを講じてくるだろう。

その一方で、紋四郎には新たな疑問が生じた。

「ひとつ聞きたいのだが……」

「かまわぬが、答えられないこともあるぞ」

「幻蔵ほどの者が、なぜ父に裏の陰仕えを手元に残すことを許し、また、ここまで父の思いどおりにさせているのか」

「ん？　おかしらの話か……」

紋四郎に対しては、あくまでも手厳しい態度を見せる幻蔵らしくもない。

剣死郎は意味ありげな笑みを浮かべた。

その笑みは、なぜか幻蔵を彷彿《ほうふつ》させた。

「そうできない事情があってな」

「事情とは？」

「はは、本人から聞いてみるんだな、ぼんくらさん」

剣死郎は、けたけたと声をあげて笑った。

笑い声が収まったとき、剣死郎の姿も消えていた。

四

紋四郎の頭のなかで、さまざまな思いが交錯していた。

命の恩人でもある兄、剣死郎と実際に相まみえることができたのは、なによりの喜びだった。

が、その一方で、裏の陰仕えの秘密をおのれの欲得のためにひた隠し、なかんずく表の務めさえも紋四郎から奪いとろうとする大三郎の非道さには言いようのない怒りをおぼえた。

さらには幻蔵が大三郎の勝手なふるまいを知りながら見逃している理由も知りたかった。

それらの疑念が間をおかずに次々と脳裏に去来していた。

(こんなときは酒を飲むにかぎるか……)

紋四郎の足は、いつしか縄暖簾の『十五夜』にむかっていた。

この夜も安藤万民が来ていた。

言葉はかわさなかったが、たがいに笑みで挨拶《あいさつ》をする。

ほかに見慣れぬ客が一人いた。

真っ黒に日焼けしており、着物から魚の臭いが漂っている。

魚売りを生業《なりわい》としている者らしい。

「町奉行所もだらしねえよなあ。同心殺しの下手人は、いまだに捕まりゃしねえ。ここんところ、ずっとやられっぱなしだよな」

魚売りの男は盃をあおると、宙を見たまま独り言のようにつぶやいた。

「それでいいんですよ」

万民がその独り言に応えた。

「それでいいって、どういうことだい」

魚売りは、みずからの言葉を肯定されたにもかかわらず嚙みついた。

「人の世というものは、つくったり壊したりをくりかえしてきました。なにひとつ永遠に変わらぬものなどないからです」

「あんた、生臭坊主かい。まるで説法みたいな話だな」

「はは、諸行無常ですか。似てはいますが、もっと生臭い話ですよ」

「というと」

紋四郎も興味を惹かれ、万民の言《げん》に耳を傾けた。

「ある道具をつくったとします。それがどんなによい出来ばえであっても、十年、二十年とつかううちには不具合が出てくる。道具自体が古くなることも理由のひとつですが、それ以上につかう側の人間が知らず知らずのうちに変わっていくのが一番の理由なんです」

「そいつはわかる気がするが、それと同心殺しとどう関係があるんでえ」

魚売りの男が呂律《ろれつ》の怪しくなった声で問いかける。

「ご政道を行なうさいの手足となるのが、町奉行所の同心です。その同心が殺されたっていうことは、政《まつりごと》への強い不満の表れだとは思いませんか」

「するってえと、なにかい。ご政道も初めのうちは上手くまわっていたけど、同じことをつづけているうちに、だんだん上手くいかなくなってきているってことかい」

「そのとおりです。徳川の世になってから早二百年あまり経ちました。これだけ年月が経つと、人も変わってきます。もはや万事、今の政のやり方では上手くまわらなくなっているのです。去年お亡くなりになった蘭童《らんどう》先生もおっしゃってました。蘭学を学べば学ぶほど、日の本がおくれをとっているのがよくわかる、と。われわれは、もっと精力的に紅毛碧眼《こうもうへきがん》（西洋人）の技や学問を取りいれねばならぬ、とね」

すでに酔っぱらった魚売りの男が馬鹿にしたような口調で言った。

「この店でよく飲んだくれていた酔いどれ爺さんだろ。まともな講釈《こうしゃく》なんぞすることがあったのかねえ」

万民は男の声にかまわず話しつづけた。

「二百年前と違うのは、昨今は、西洋から新しい文物や学問が、公儀がいくら押しとどめようとしてもじわじわ入ってくるということ。そうなれば、おのずとそれに感化されて人も変わっていくというものです」

紋四郎は思わず話に加わっていた。

「それがしも蘭童先生から似たようなお話をうかがったことがあります」

亡くなった森田蘭童《もりたらんどう》は、紋四郎の蘭学の師でもあった。

昨年、同じく弟子となっていた松本針之介の手によって非業の死を遂げていた。

いつもこの店で酩酊して寝ていたが、素面《しらふ》のときの弁舌はまことに明瞭かつ鋭く、思わぬ観点から世相の要点をずばりと言いあてていた。

そのなかには、幕府には聞かせられないような政への厳しい批判も多々ふくまれていた。

紋四郎は考えこむ。

陰仕えの務めは、そうした新たな考え方を持ちこもうとする者たちを片っぱしから始末しているだけではないか。

人の世の移ろいという、抗しがたい宿命の流れに無駄に逆らっているだけではないのか。

それでいいのか……

「モンシロの旦那、どうかなさいました？　なにやら難しい顔をしてらっしゃいますよ」

女将のお春が声をかけてきた。

「いや、なんでもありません。女将、それがしは帰ります。勘定をお願いします」

紋四郎は立ちあがった。

気がつけば、月次朗の心尽くしの料理も、そして酒すら徳利の半分も手をつけていなかった。

万民の話を聞いているうちに、いつのまにかなにも喉を通らなくなっていたのだった。

第四章　陰の女

一

雨あがりの昼さがり――

紋四郎が出ていって半刻（一時間）も経たぬうちに、国芳が屋敷にやってきた。

「姉ご、今日はのりにおあつらえむきの相手を探してきたぜ」

この日に限らず、さくらと国芳との会話はいつも猫談議から始まる。

のりの婿探しの話など、さくらはすっかり忘れていた。

「そんなにのりの相手探しに一生懸命にならなくたっていいじゃない」

「そうはいかねえ。人間の親なら、生まれた子供の行くすえを真剣に考えるだろ。それと同じさ」

国芳の顔はまさに真剣そのものだった。

「たしかに猫にも行くすえがあるわね」

「子猫が生まれたら、もらい手を探さにゃあならねえ。これも行くすえさ。周囲から欲しがられるような子猫を産ませるのが肝心なんだ。飼い手のつかない子猫ぐらい哀れなもんはねえからなぁ」

もらい手がなくて、生まれたばかりの子猫を川に流す悲しい話はさくらもたまに聞く。人の世でも同じだった。

飢饉《ききん》になれば、少なからぬ母親が泣く泣く口減らしをしなければならないのが現実なのである。

どちらも決してあってはならないことだと、さくらは思う。

そのためには、国芳のように猫の行くすえを真剣に考えるのは大切なことなのかもしれない。

「まるで猫の口入屋《くちいれや》ね。ほかの人にも猫の縁談の世話をしているわけ？」

「当たり前じゃねえか。じつは、おいらのほかにも猫の口入れをしてる連中はいるんだ。だけど、あいつらは口入料を取りやがる。おいらは猫可愛さでしてることだから、金なんてもらわねえけどな」

国芳によれば、奉公人の斡旋仲介《あっせんちゅうかい》を本業としながら、副業で猫の口入屋をしている者は少なからずいるという。

「ところで、のりにお似あいの雄猫を見つけたと言ってたけど、どんな猫なの。そこまで聞かされちゃあ、わたしも見てみたくなったわ」

「さすが姉ご、そうこなくっちゃ。今すぐ見せるからさ」

「えっ、連れてきてるの？　どこ？」

国芳は、ちっちっと人さし指を振りまわした。

「おいらを誰だと思ってるんだい、姉ご」

ふところから紙を取りだして、さくらの前に広げた。

「江戸で、おいらほど上手く猫を描ける絵師はいねえぜ」

そこには、のりに負けないくらい毛なみのいい黒猫の絵が描かれていた。なかなかの気品を感じさせる猫で、小鼻をくいっと持ちあげて、おのれの美しさを誇示していた。

「いい毛なみの黒ね」

「なっ、だろ？」

国芳は自分が褒められたかのように照れ、手の甲で鼻の頭をこすった。

「なるほど。これと思った猫をこんな風に絵に描いて飼い主に見せたら、十分納得させられるわね」

「ほかの猫ロ入屋にゃあ、ちょいと真似のできねえ芸当さ」

さくらは、これから切りだそうと思っていた頼み事の糸口を国芳が口走ってくれたので、内心ほくそ笑んだ。

「ひとつ、頼み事があるんだけど」

「姉ごに改まって頼み事なんて言われた日にゃあ、この国芳、どんな事だって引きうけるぜ」

国芳は、もう少し猫の話をつづけたかったのだろうが、さくらにあわせて調子のいい返事をした。

「去年の読売殺しのとき、わたし自身すら憶えていない下手人の顔を国芳が描いてくれたことがあったわよね」

「人は一度、目にしたものは、本人が忘れたつもりでも必ず頭のどこかに残している。おいらは姉ごと話をしながら、そいつを引きだしたんだ」

国芳は筆をつまんでいるように指先をあわせて、ゆらゆらと動かしてみせた。

「もう一度、やってほしいんだけど」

「そりゃまた、どういう風の吹きまわしだい？」

国芳は指の動きをとめて、さくらの顔をのぞきこんできた。

「じつはね、昨日の夕方、あの柳屋清兵衛さんが訪ねてきてくれたのよ」

紋四郎の帰宅前、さくらが一人でいるときのことだった。

「わざわざ訪ねてくるなんざぁ、まさかのっぴきならねぇ事でも起きたってぇのかい？」

「そうじゃないの。幸之助さまが殺される前に一緒にいた女を見た者が見つかったそうよ。だけど、どういう顔かと聞かれても全然思いだせないって言ってるらしいの」

「例の背の高いべっぴんを見た奴がいたわけか。でも顔を忘れちまっている。なるほど、それで読めたぜ。そこで絵師の国芳さまの登場ってわけだ」

「ご明察。その女の顔さえわかれば、同心殺しの下手人にたどりつけるんじゃないかと思うのよ」

「で、女を見たって奴は」

「日本橋北の弥兵衛町《やへえちょう》に住んでいる新八《しんぱち》という職人よ。房楊枝《ふさようじ》づくりの職人なんだって」

「新八なら知ってるぜ。おいらの住んでる新和泉町《しんいずみちょう》のすぐ近くに住んでる奴だ。あの界隈《かいわい》じゃあ、あやめ屋新八って呼ばれていて、ちょいと名の知られた奴さ」

「なによ、そのあやめ屋ってのは？」

「歌舞伎の女形、芳澤《よしざわ》あやめの声色の真似が上手でね。つくった房楊枝を、あやめばりの声色で口上しながら売り歩くのさ」

もともと初代芳澤あやめの声色で有名だったのは、弥兵衛町の近くにある大坂町に住んでいた平治《へいじ》という男だ。平治こそは「あやめ屋平治」の名で評判をとっていた木戸芸者だった。

国芳によれば、新八はその平治の弟子を自称しているらしいが、平治が生きていたのは正徳年間（一七一一〜一六）で、今から百年以上も前であり、とんだ眉唾《まゆつば》ものだが、実際に今の六代目芳澤あやめにうりふたつの声色で口上を述べるらしかった。

「そこまで知ってるなら話は早いわ。すぐに出かけましょう」

「ったく、姉ごの気の短けえのには恐れいるぜ。のりまで気が短くなっちまうんじゃねえかと心配になってくらあ」

どうやら国芳の頭のなかは、いつも猫のことでいっぱいらしい。

二人は足元の泥濘《ぬかるみ》もなんのその、意気揚々と屋敷を出発した。

二

弥兵衛町までの道のりは二里。歩いて一刻（二時間）かかった。

「おう、ここだぜ」

国芳は、通り沿いの長屋木戸の前で足をとめた。

木戸の横木につけられた木札には、たしかに「房楊枝　新八」と書いてある。

「それにしても、新八の野郎はヤボな奴だな。おいらなら美人の顔は一度見たら二度と忘れやしねえ。姉ごの顔は、ときどき忘れそうになるけどナ……痛てっ、なにしやがるんでぇ」

さくらに二の腕をぎゅっとつねられ、国芳は悲鳴をあげた。

「そんな減らず口ばかりたたいてるから、女にもてないのよ」

「てやんでえ、大きなお世話だ。女みてえな小難《こざか》しい生き物は真っ平ごめんさ。猫のほうがよっぽどマシだぜ」

「それって、わたしもふくめて言ってるつもり？」

「いーや、姉ごは別格だ。そう言っとかねえと、またつねられちまうからなあ」

「ほんとに口が減らないわね」

さくらと国芳のお気楽な会話を小耳にはさんだ人々が笑いながら通りすぎていく。

二人は棟割長屋《むねわりながや》にはさまれた小路を進んだ。

足元のどぶ板の継ぎ目から糞尿に似た臭気が漂ってくる。

木戸口から二十間ほど入った長屋の一角に、戸口を開けっぱなしにして中が丸見えの家があった。

小柄な男が刃物で柳の枝先に細かな切れ目を入れて房楊枝をつくっていた。

国芳がさくらを振りかえって軽くうなずいた。

この男が、あやめ屋新八らしい。

町人の仕事には居職《いじょく》と出職《でじょく》がある。大工や振り売りのように、寝起きする住まいから出かけて商いをするのが出職だ。新八のようにおのれの住まいを仕事場にしている者は居職という。

「新八さん、ちょいといいかね」

国芳が声をかけると、新八はしもぶくれの顔をこちらにむけてきた。

いぶかしげな表情で口を開く。

「気やすく俺の名を呼ぶけど、見たことのねえ顔だなあ。仕事を頼みに来たんだったら、ひと月後に出なおしてくれ。せっかくだが、ここしばらくは注文をこなすのに精一杯なんだ」

口元が前に突きだしており、いつも不満や愚痴をこぼしていそうな顔だった。

小袖だけでなく頬や首筋にまで細かな木屑が貼りついている。

頭頂に薄毛が生えそろっているところを見ると、髪結いに通うといとますら惜しんで仕事に打ちこんでいるようだ。

「あいにくだが、仕事の注文じゃねえんだよ。ちょいと頼みがあってな」

国芳が言うと、新八は口元を迷惑そうにゆがめた。

「俺は忙しいんだ。余計な話をしているひまはねえ。今日のところは引きとってくんな」

けんもほろろの言い草だった。

だが、さすがに歌舞伎の女形の声色を売りにしているだけあって、声は高く澄み、しかも張りがあった。

「まあ、新八さんよ、手間はとらせねえから。おいらは歌川国芳ってぇ絵師なんだ。ちょいとばかし、あんたの助けを借りたくてね」

それまで傲岸《ごうがん》な態度だった新八の眼に急に好奇の色が浮かんだ。

仕事の手をとめて、国芳をまじまじと見つめる。

「なんだって？　おい、そりゃあ本当かよ。あんた、正真正銘《しょうしんしょうめい》の国芳さんなのかい」

「ナニィ〜、おいらが偽の国芳だってぇのかい」

国芳の声が裏返った。

さくらも話に加わった。

「新八さんは、この国芳をご存じなので？」

「知るも知らねえも、俺は国芳の絵は大好きだ。貧乏所帯だけど、国芳の浮世絵ならいくつも持ってるんだ。いやあ、もっと早く気づくべきだったぜ。たしかに見事な地獄絵のどてらを着てるじゃねえか。こりゃたしかに、どこから見たって本物の歌川国芳さんだぜ」

さくらは国芳を見た。

「あなたを知ってる人に初めて会ったわ。絵が売れてきたって、本当だったのね」

「はは、それほどでも。今日は、たまたま奇特なご仁に出会っただけさ」

国芳は照れ臭そうに鼻の頭をかいた。

新八は、さくらと国芳のやりとりを聞いて勘違いしたようだった。

「やっぱり売れっ子の絵師は違うぜ。連れてる女も上等だ。国芳さん、あんたのコレかい」

新八は小指を立ててニヤッと笑った。

さくらはすぐさま打ち消した。

「いえ、違います」

すると新八はますます勘違いした。

「ほほう、すると二人は忍ぶ仲ってわけかい……こいさん、あたしを捨てておくれでないよ、ってか。いよっ、ぺぺんぺんぺん」

口三味線で芝居口調となる。

「そういう仲ではありません」

さくらは、きっぱりと否定したが、新八は一度思いこんだら、なかなか考えを変えない質《たち》らしかった。

「そりゃあそうだよな。忍ぶ仲かと聞かれて、あいよと答えるまぬけもいねえ。まあ、これ以上、ヤボな詮索はしねえから、せいぜい国芳さんに尽くすがいいぜ。いずれ江戸一の絵師になるお人だ」

さくらは、うんざりしながら新八に語りかけた。

「新八さんは、殺された同心と一緒にいた女を見かけたと聞きました。その女がどんな顔をしていたか、国芳に教えてほしいんです。それをもとに国芳が女の顔を描きますので」

「せっかくだが、綺麗な女だってことのほかは、きれいさっぱり忘れちまったぜ」

「それを引きだすのが、おいらの腕の見せ所なんだよ」

「へえ、そうかい、国芳さん。どうせなら俺の絵を描いてほしいところだがな」

新八は国芳の絵がよほど好きらしく、あれほど忙しいと言っていた仕事を放りだして話に乗ってきた。

国芳は、根付《ねつけ》に結んだ巾着袋から墨の入った瓶を取りだして、

「あんたが見た女について思いだしたこと、なんでもいいから言ってくれ」

と、いつになく真剣な表情を見せた。

三

「綺麗……髪形が変わってるわね」

新八の長屋を出たさくらは、国芳の描いた女の絵をのぞきこんで言った。

絵の女は、髪を頭頂部で団子のように丸めていた。

「おいらは、いずれ江戸一の絵師になると言われている男だぜ。これぐれえ描けないでどうするってんだ。それにしても新八の野郎にゃ往生したぜ。よけいな話ばっかりしやがるから、髪形ひとつ聞きだすのにもひと苦労したぜ」

新八は、なみはずれたおしゃべりで、国芳のちょっとした言葉尻をとらえては関係のない話をとめどなくした。

そのため絵を描きあげるまで一刻（二時間）もかかってしまった。

「さっそく、この女を捜しに行くわよ」

さくらがまなじりを決して宣言した。

「いくら女の顔がわかったって、江戸は広いぜ。どうやって捜すつもりだよ」

「殺された二人の同心は、いずれも町人たちから嫌われてたっていうじゃない」

「ああ。だけど、それがどうしたってんだい」

「わたしには、それが偶然とは思えないの。ある狙いがあって、嫌われ者の二人を選んだとしか思えないのよ」

「そいつらを殺すことで、町人たちから喝采を浴びるような奴を選んだってことかい」

「そのとおり。国芳、今日はいつになく冴えてるじゃない。で、わたしはまだ殺されてないけど、評判がとても悪い同心の話を聞いたのよ」

「そんな奴が、まだほかにもいるのかい。あきれたぜ」

「深川を受け持つ定町廻り同心の黒坂作左衛門《くろさかさくざえもん》。この男は商家の内紛とか、町人同士のいざこざにめっぽう耳ざとくてね。頼まれもしないのに鼻を突っこんできて、法外な周旋料をせしめるそうよ。次に同心殺しが起きるとすれば、この黒坂作左衛門ではないかと、わたしは思うのよ」

　このところ、ちまたでは噂雀が顔をあわせれば、同心殺しの話題で持ちきりだ。そうしたなかで、黒坂作左衛門の噂がさくらの耳に入ってきたのであった。

「いざこざを収めてくれるんだったら、ありがてえ話じゃねえか」

「そうじゃないの。かえって事を荒立てたうえに、周旋料をごっそりとせしめるって手あいなのよ。どの商家も内紛なんか世間に暴露されたくないでしょ。だから弱みを握られたも同然で、骨の髄までしゃぶられるってわけ」

「なるほど、ひでえ野郎だ。次は、そいつを同心殺しが狙うってわけか。おいらなら、どうぞお殺《や》りくださいって言ってやるぜ」

「町人たちをそんな思いにさせるのが、同心殺しの本当の狙いだと思うの。だから、作左衛門を見張っていれば、この絵の女が必ず姿を現すはずよ。そして同心殺しの登場ってわけ」

「よし、その話、乗った。いつも思うけど、姉ごの推量は、ずいぶんと大胆だよな」

「あら、なにか文句あるの」

「いやいや、そこまで決めつけちまうのが小気味いいぜ。で、いつから見張るんだい」

「今からに決まってるじゃない。殺された二人の同心は、町廻りを終えて町奉行所にもどる途中で襲われている。これから深川にむかえば、日の入り前には着けるはずよ」

さくらは黒坂作左衛門の帰り道も押さえていた。

いつも町廻りを終えると、深川の木場から仙台堀《せんだいぼり》に沿った道を西に進み、ついで大川に沿って南にくだり、永代橋《えいたいばし》を渡って北町奉行所にもどるという。

その道筋のなかに、人のにぎわいが絶える場所があるはず。同心殺しが襲うとすれば、その場所しか考えられなかった。

四

さくらたちは深川の仙台堀にやってきた。

大川から堀が分岐するところに陸奥《むつ》仙台藩の蔵屋敷があり、仙台堀の名の由来となっている。

仙台藩の蔵屋敷の塀は、仙台堀に沿って二町もつづいていた。

近くに筑前福岡藩の屋敷があり、仙台藩の蔵屋敷との間には海辺大工町代地につながる細道があった。仙台堀から海辺大工町代地まで、およそ二町。

その細道の両側は武家屋敷にはさまれており、夕刻近くになると、ひっそりと静まりかえってしまう。

同心殺しが出没するには格好の場所に思えた。

「ここで待ちましょう」

さくらと国芳は、仙台藩屋敷の塀の角で女の現れるのを待つことにした。

女の似顔絵をもう一度見て、さくらは思わず声を洩らす。

「本当に綺麗な女《ひと》ね」

一文字の眉こそ、男のような凛々しさを感じさせるが、二重の眼は深い憂いを帯び、長い睫《まつげ》と相まって、見る者の心を惹きつけてやまない魅力を感じさせる。

眉の間からなめらかな鼻筋が伸び、ややとがった鼻先は澄んだ冷たさを放っていた。

笑みをふくんだ唇は、ほどよい大きさで、手でふれてみたくなるような形をしている。

頬から顎までの輪郭はきりりと引きしまり、なおかつ女らしいまろやかな曲線を描いていた。

この世の者とも思われぬ女の美しさに驚嘆するとともに、新八の話を聞いただけで、ここまで描ききった国芳の筆も、さくらは感嘆せずにはいられなかった。絵師としての才能は、なみならぬものがあるようだった。

「おいらの趣味じゃねえけどな」

国芳は強がりを言っているが、みずから描いた絵でありながら、何度も見なおしていた。

そろそろ日暮れどきだった。

町廻りの同心たちが務めを終えて町奉行所にもどりつつあるころだ。

早くも通りは、武家屋敷の塀の長く伸びた影におおわれ、薄暗くなりはじめている。

「あっ……」

さくらは国芳の袖を引っ張った。

「あの女だわ」

仙台堀に沿った道に、国芳の描いた似顔絵にそっくりな女が姿を現していた。

たしかに背は目を見張るほど高い。

髪を頭頂部で団子のように結いあげ、濃紺の玉《ぎょく》と黄金色の金具を組みあわせた簪《かんざし》を挿していた。

小袖の柄は四季の花々を鮮やかにちりばめたもので、水色の帯は花々で縁《ふち》どられた春《はる》爛漫《らんまん》の小川を思わせた。

さくらたちは女から姿を見られぬよう、塀の角の陰にまわりこんだ。

「間違いねえ。おいらの絵を褒めるべきか、姉ごの推量を称えるべきか」

国芳が興奮気味に唾を呑みこみながら言った。

「そんなこと、どっちだっていいじゃない。もう少ししたら作左衛門がやってくるわ。そしたらきっと、あの女は近づいていくはず」

塀の角からそっと顔だけ出してうかがうと、女がこちらにむかってきた。

このままでは、さくらたちと顔を突きあわせてしまう。

「姉ご、ここはやり過ごすしかねえ」

「そうね」

さくらたちは塀の角から顔を引っこめ、仙台堀に背をむけて、なにげなく歩いている風を装った。

女が通りすぎてから、あとを尾けるつもりだった。

「国芳、あの女と同心殺しは、どういう組みあわせなんだろうね」

「なんとなくわかる気がするぜ。おそらく狙いをつけた同心に女が声をかけて、どこかへ連れだすのさ」

二人は、背中で通りの女の気配をうかがいながら話しつづける。

「一緒に行ってみると、見たこともない男が待っているってわけ?」

国芳がおどけた口調で答える。

「そうさ。そいつが同心に今宵のお相手はわたくしでございますよって科《しな》をつくってみせるのさ。たまげた同心が、拙者にかような趣味はないと言ってうろたえているすきを狙って、バッサリ殺《や》っちまうのさ」

国芳は面白おかしく話しながら、科をつくったり驚いた顔をしてみせたりした。

「冗談もほどほどにしてくれる?」

「姉ご、絵師ってのは皆こんなもんだぜ。でなけりゃあ、見たこともねえ地獄の絵なんぞ描けやしねえよ」

「それにしても、男って初めて会った女でも、誘われたら、ついていく気になるものなの?」

「あれだけ綺麗な女に誘われたら、男たるものいやとは言えねえな。モンシロの旦那だって同じさ」

「殿さまは違うわ。わたしひと筋なんだから」

「わかるもんかい。しょせん、男は男だ」

「そう言う国芳は、どうなのよ」

「おいらは違うぜ。前々から女にゃあ興味がねえって言ってるだろが。火事が恋人さ」

国芳の話は、どこまで信じたらいいのかわからない。

「そろそろ女が通りすぎたころね。あとを尾《つ》けましょう」

だが、仙台堀に沿った通りにもどってみると、女の姿は影も形もなかった。

「おかしい。たしかに通りすぎたはずなのに。国芳の長話《ながばなし》が悪いのよ。新八の話し好きには往生したとか言ってたけど、あなたが一番おしゃべりなんじゃない」

「馬鹿言っちゃあいけねえよぉ。姉ごが、どうだこうだと言うのに応えていたら長話になっちまったんじゃねえか」

「人のせいにしないでよ。だいたい国芳はひと言多いのよ。だから、わたしだって、なにか言いたくなっちゃうんじゃない」

「ちぇっ、そりゃねえだろ」

国芳との口喧嘩ではいつも分の悪いさくらだが、今回はひさびさに勝った気がした。

ともあれ、今は勝ち負けを云々しているときではない。

「ここにずっといてもしょうがないわ。作左衛門がやってくる道筋を逆にたどってみれば、かならず女は見つかるはずよ」

国芳は乗ってくれると思っていたのだが、意外にも冷めた声で返事してきた。

「今から捜したって、どうなるものやら。もうすぐ陽が暮れるし、屋敷にもどったほうがいいぜ。旦那が首を長くして待ってるんじゃねえか」

国芳にしては珍しく紋四郎に気配りしている。

だが、さくらは面白くない。

「わたしはまだ諦めない。国芳は帰りたければ帰ったらいい。わたしは、こんなことで引きさがるつもりはないわ」

「そいつぁ、よしたほうがいい。のりの餌はどうするんだよ。今ごろ腹を空かしてニャアニャア鳴きながら姉ごを探しまわってるぜ」

痛いところを突かれた。

日ごろから紋四郎は猫が苦手だと公言しているし、みさも幼いころに化け猫の話を聞かされて以来、猫は恐ろしくてしかたないと言って近よろうともしない。

つまり、のりに餌をやることができるのは、さくらだけなのである。

「そりゃあ、そうだけど……」

ひとたび、のりの姿を思い浮かべると、もういけなかった。

初めて道端で出会ったときの小さなのりの姿も脳裏に蘇ってきた。

腹を空かせてニャアニャアとさくらに餌をねだってきたときの光景が……

「な、そうだろ。今日は、のりのために帰ってやれよ。おいらからも頼むぜ」

「しかたないわねえ」

さくらは女捜しを諦めて屋敷にもどることにした。

第五章　陰の男

一

「おおい」

霊岸島《れいがんじま》にある円覚寺《えんかくじ》の境内《けいだい》を出たとき、紋四郎はどこからともなく聞こえる声に呼びとめられた。

「誰だ、それがしになにか用か」

足をとめ、返事の声を聞きもらすまいと耳をそばだてる。

その日は亡き師、森田蘭童の菩提《ぼだい》を弔《とむら》った帰りだった。

身よりのなかった蘭童のため、紋四郎は円覚寺に墓を建てた。

酒好きだった蘭童のために、あえて霊岸島にある寺を選んだ。霊岸島には下り酒の問屋が集まっていたからである。

今ごろ蘭童は、酒の香りの絶えることのない場所に安住できてご満悦のはずだ。

紋四郎は月に一度、蘭童の墓におもむいて酒を墓石にそそぎかけるのをみずからの決め事としていた。

明日は幼なじみの松本針之介の墓前へとおもむく。

これもまた決め事としていた。

ただし、針之介の墓の前では、弔うというよりも紋四郎が一方的に思いのたけを語りかける。

そうすると、駄洒落好きだった針之介の面白おかしい返事が聞こえるような気がするのだった。

「誰だ、それがしになにか用か」と虚空にむかって紋四郎が問いかけてから三呼吸ほどの間をおいて、聞きおぼえのある声が返ってきた。

「ぼんくらさん、俺のこと忘れちまったのかい」

剣死郎だった。

幻蔵と同じく、紋四郎にしか聞きとれない忍びの声で話しかけてきていた。

「兄者か。どこにいるのだ」

「おまえさんから少し離れた後ろさ。それもわからねえとは、いよいよ本物のぼんくらだ。頼むからしっかりしてくれよなあ」

この日もはなから紋四郎をぼんくら呼ばわりする。

「おっと、振りむくんじゃないぜ。何者かがおまえを見張っている。越前堀《えちぜんぼり》の将監《しょうげん》河岸に古い日除船《ひよけぶね》が一艘舫《もや》ってある。そこで落ちあおうじゃないか」

越前堀は円覚寺からすぐそばだった。

将監河岸は、越前堀の北側にある。

「それは重畳《ちょうじょう》。それがしから兄者に訊ねたいこともある」

「いいとも、なんでも訊いてくれ」

剣死郎はきっぱりと答えた。

将監河岸に着くと、越前堀を行きから船が幾艘も見えた。

陽射しが傾きかけ、水面を煌《きら》めかせていた。

大川の河口に近いので穏やかな風が吹きわたって、潮の香りを運んできている。

剣死郎の言ったとおり、将監河岸にある船着場のはしに一艘の古びた日除船がゆらゆらと揺れていた。

四方に簾《すだれ》が垂らしてあり、中は見えない。

簾は穴だらけで、長い間、誰もこの船をつかったことがないのは一目瞭然だった。かろうじて船の形を保っているが、そこらじゅうが朽《く》ちており、いつ廃船となって木切れに砕かれても不思議ではなかった。

紋四郎は、簾のはしを持ちあげて日除船に乗りこんだ。

船底には折れた櫓《ろ》や、縄目がほつれた舫い綱などが雑然と散らばっている。

穴だらけの簾から陽射しが幾条もの筋となって射しこんできていた。

紋四郎が船底に腰をおろして待っていると、簾のひとつが音もなく持ちあがり、剣死郎が体を滑りこませてきた。

紋四郎と向きあうように座すと、さっそく口を開いた。

「近ごろ大三郎の屋敷に見慣れない男がひんぱんに出入りするようになった。そいつをおまえさんに知らせておこうと思ってな」

簾のなかとはいえ、陽光を受けた剣死郎の顔を見るのは初めてだった。

母としの面影を濃く残した面長のすっきりした顔だちで、ことに涼しい目元は母親とうりふたつだった。

それでいて、ときおり浮かべる皮肉めいた笑みは、なぜか幻蔵に似たところがある。

初見のときは透《す》きとおった白い顔だなと思ったが、明るさのなかでよく見ると、生気にとぼしい青白い顔色をしていた。

ただし眼だけは活き活きとしており、童《わらべ》のような悪戯っぽい輝きが宿っていた。

「陰仕えの裏の仕事を手伝っている者ではないのか」

新たな闇の情報を大三郎に伝えるためにやってきたのではないか。

「いや、それなら俺にも見分けがつく。ありゃあ、違うな」

「異な事を言う。どうしてわかるのか」

大三郎の屋敷に常時いなければ、見分けることなどできないはずだ。

「ちっ、面倒臭い奴だぜ。だいたい、おまえさんは、今までも俺が一挙手一投足を見守ってきたのに、ぜんぜん気がつかなかったじゃないか。さっきだって何者かに見張られていたんだぜ。そんなぼんくらに話したって、わかるわけがないだろう」

剣死郎にかかると、紋四郎はまったくの半人前あつかいだ。

それでも紋四郎は不思議と腹が立たなかった。

「それにしても綺麗な顔をした奴だったぜ。歌舞伎の女形みたいだった」

ここまで聞く限り、紋四郎はさほど気にとめる必要はないように思えた。

「見た目はなよなよしてやがるが、武術のほうはかなりの手練《てだれ》と見た。なにより、少なからざる人数を殺《あや》めてきた者特有の血生臭さが臭ったんだ。ひと言で言えば、かなり危ない男だな」

「それをなぜ、それがしに知らせようと思ったのか」

だからおまえは、ぼんくらだってんだよ、とでも言いたげに、剣死郎はフンと鼻を鳴らした。

「おまえさんときたら、いつも無頓着だ。大三郎がなにを考え、なにを企んでいるか、よくよく考えないと、こないだみたいに、またいいように丸めこまれてしまうぞ。とてもじゃないが見ておれん」

「では、その男はなにゆえ父上の屋敷に通うのか」

「だから、それをこれから話そうとしているんじゃないか」

剣死郎の説明は、いつもまだるっこしい。

幻蔵の指示のもとで動いているのだろうが、これでは幻蔵もかなり手を焼いているのではないか。

「連絡係《つなぎ》だと思うんだ。何者かの言づてを大三郎に運んできているんじゃないか。それがなにを意味するか、わかるか？」

「父上と何者かが手を組んでいる……」

「ぼんくらのおまえさんにすりゃあ、上出来の推量だな。まだ憶測にすぎないが、もしそうだとすれば、陰仕えの務めを金儲けにする悪知恵も、そいつが授けたのかもしれぬ」

「その話が真実《まこと》だとすれば、父上をこのままにしておくわけにはいかない……」

大三郎が金銭欲にからめとられて深みにはまれば、陰仕えそのものが上さまのご意向とは似ても似つかぬものとなってしまう。すでにそれに近い状況になってしまっているではないか。ならばその先には、石川家の者すべてがこの世から抹殺される運命が待っている。将軍のために働かぬ陰仕えなど無用だからだ。大三郎と手を結んだ者が本当にいるのであれば、早々に捜しだして大三郎とのつながりを断ち切らねばならない。

「さてと、本題はこれからだ。どうだい、おかしらには内緒で、俺と一緒にそいつを探ってみないか。大三郎と手を結んだ相手が、わかるかもしれないぜ」

「ぜひ、やらせてくれ。で、どのような術《すべ》をもって探るのか」

「じつはな、今日、そいつがなにかやらかしそうな気配なんだ。大三郎とかわした話の詳細は聞きとれなかったが、どうやら深川に出かけるらしいってことだけはわかっているんだ」

深川ならば、ここからそう遠くはない。

二

深川にいたる道すがら、剣死郎は幻蔵のように姿を現すことをいやがらなかった。

こざっぱりとした商人のいでたちをしていた。

着物のうえからでも無駄のない肉づきで鍛えあげているのがよくわかる。

将監河岸をあとにした二人は口を閉ざしたまま新川にむかって歩を進めていた。

新川は掘削によって造成した水路で、新川ができたことで大川の中州が分離され、霊岸島という独立した島となった。

ちょうど新川に架かる二ノ橋を渡りかけたところで、紋四郎は思いきって疑問を投げかけた。

「兄者、どうして今までそれがしに名乗りでてくれなかったのか」

「それを聞くなら、なぜ今、名乗りでたかだろ。本来ならば、名乗りでることは許されぬ。おかしらには内緒だ」

二ノ橋は短い。渡りきると、新川の北岸に沿って左右に延びる霊岸島新四日市町の町屋に着いた。

下り酒の問屋がひしめくこの地は川沿いに酒蔵が建ちならび、上方から年間百万樽を超える酒が持ちこまれている。

当然ながら、人や荷の動きの絶えることはない。行きかうのは酒の運搬や商談に関わる者ばかりで、紋四郎たちがどんな話をしようとも聞き耳を立てるひま人はいなかった。

「では、改めて問う。どうして名乗りでたのだ」

「ぼんくらを相手にするってのは、まったく疲れるぜ。今、おかしらにも内緒だと言ったばかりじゃないか。そんな問いに答えられるわけがない。武士の情けで、あえて答えるならば、今を逃すと、永遠におまえさんに伝えることができなくなるからさ」

「それでは、ますますわからぬ。なにを伝えるというのだ」

「まあ刻が経てば、わかることとさ。今はこれ以上は答えられぬ」

まったく答えになっていない。

大三郎のときと同様、いいようにはぐらかされた気がした。

浜町と塩町を通りすぎ、南新堀町《みなみしんぼりちょう》にさしかかった。

ここには、畳表、下り素麺、絵具染草、醤油、船具、樽といった種々多様な商いをする店が林立していた。

先ほどの霊岸島新四日市町をうわまわるにぎわいぶりだ。

紋四郎は新たな問いを剣死郎にぶつけることにした。

「兄者は石川家から将軍家に献上された。そして幻蔵の部下だという。もしかしたら幻蔵にも石川家の血が流れているのだろうか」

そうだとすると、幻蔵と大三郎は兄弟……

そう言えば、たしかに二人は似ている。

「答えにくいことばかり聞くな。だとしたら、どうだというのだ」

「あきらかに父上は幻蔵を嫌っている。そして幻蔵もまた父上のことをよく言わぬ」

「兄弟だからといって仲がいいとは限らない。むしろ仲違いしている兄弟のほうが多いくらいさ。骨肉の争いってやつで、兄弟同士で殺しあうことだってある」

「仲違いするには、それなりの理由があるはずだ。父上と幻蔵の間で、なにがあったのだ」

それは幻蔵が、大三郎の勝手なふるまいを許している理由と関係があるのではないか。

だが返ってきた答えは、またもや紋四郎をはぐらかそうとするものであった。

「物事ってのはな、なにもかもわかってしまうと、かえってわからなくなるものだ。少しぐらい、わからないぐらいが、ちょうどいいのさ」

先ほど、なんでも聞いてくれと言ったわりには、はぐらかしてばかりではないか。

どこか紋四郎の感情を弄《もてあそ》んでいるような節があった。

まるで幻蔵と話しているような気がしてくる。

それでも紋四郎は諦めずに問いつづけた。

「兄者は、針之介の愛刀をそれがしのもとに届けてくれた」

針之介の愛刀、すなわち虎徹は先日の鎌田勘九郎の仕置きのさい、刀身に傷が入ったので研ぎ師に出していた。今日は代わりの刀を帯刀している。

「針之介はおまえさんに負けたら、刀を譲るって言ってたじゃないか。それを聞いて不《ふ》憫《びん》に思ったから、そのとおりにしてやったまでのこと」

「だがじつのところ、あの刀は針之介の愛刀の虎徹ではなかった。切れ味は申し分ないが、まったく別物」

「ほほう、よくわかったな」

「刀が届けられてのち、それがしはふた月に一度、手入れをするほかは刀にふれることはなかった……」

手入れのさい、柄から茎《なかご》を抜きだすと、茎表《なかごおもて》に『長曽根《ながそね》虎徹入道《こてつにゅうどう》興里《おきさと》』と虎徹本人の銘が入っており、さらに茎裏には、寛文五年に試し斬りして切れ味を確かめたことが記してあった。

その時点では、まだ真刀だと信じていたのだが……

「先日、ふと思いたって朝稽古に持ちだして振ってみたとき、違うと思ったのだ」

紋四郎との死闘のさい、針之介の虎徹は、紋四郎の肉体を数えきれぬほど傷つけ、なおかつ左肩を深々と貫いた。

「どこがどう違う」というはっきりした自覚があったわけではないが、おのれの肉体で虎徹の凄みを体感した者として、なにか違和感のようなものを感じとっていたのである。

「となれば、兄者が最初から刀をすり替えていたとしか考えられぬのです」

二人は霊岸島新堀に架かる豊海橋《とよみばし》を渡り、さらに大川の河口をまたぐ永代橋まで足を進めていた。

夕陽が大川の水面を金色に輝かせていたが、二人は見向きもしなかった。

「よく気がついたな。やはり、ただのぼんくらではなさそうだ。ははん、なんのためにそうしたのか聞きたいんだな。おまえさんの問いかけは、いつも同じだな。なんのため、なんのため……なんのため、のくりかえしばかりだ」

そう言ったあと剣死郎はしばらくの間、口を閉ざしたまま歩きつづけた。

そして急に足をとめて大きく息を吐きだすと、紋四郎の顔をまっすぐに見つめてきた。

「教えてやるよ。あの刀はおまえさんにはふさわしくないと思ったからだ。別の刀を渡して、しばらく様子を見ようと思ったのだ」

剣死郎は顔色ひとつ変えずに口にしたが、それでいて言葉のはしばしには紋四郎への親しみがにじみでていた。

「兄者、あの刀は、一人残された針之介の母ごから、供養としてぜひともあずかってほしいと託されたもの。返していただきたい」

「そいつは駄目だ。あの刀を気にいってしまってな。心配するな。家宝のように後生大事にあずかっておいてやるから」

剣死郎の自分勝手な言いように紋四郎は腹を立てた。

「いくら兄者でも、承服できぬ」

「よく考えてみろよ。俺が届けなかったら、虎徹はあのまま行方知れずになっただろう。おまえさんが今持っている刀は、たしかに針之介のものではない。だが、刀身の見映えといい切れ味といい、大業物とされる刀に匹敵するとは思わぬか」

たしかに菰《こも》を試し斬りしたときの切れ味は大業物に互するものを感じさせた。

「兄者は未熟なわたしには贋作《がんさく》がふさわしいと言われたいのか」

「腕のいい刀工の打った刀であることに間違いはなかろう。茎裏にあった寛文五年の試し斬りの一文は、あの刀の試し斬りの結果を記したものだ。いわば、虎徹と比べても遜《そん》色《しょく》のない、偽りの名刀というわけだ」

そのように語る剣死郎の口調には、贋作に対する敬意のようなものが感じられた。

虎徹は針之介の愛刀であった。針之介と一緒に葬られるのがよかったのかもしれないと思えてくる。

剣死郎が虎徹に魅入《みい》られ、その所有を欲するならば、それもまた虎徹の運命なのかもしれない。

「それがしが求めているのは、刀の銘や切れ味ではなく、かけがえのない朋友の想い出の品としての刀だ」

「だったら、あの贋作で十分ではないか。おまえさんは陰仕えの務めをなす者としては、まだまだ甘い。その甘さが、大三郎につけいる隙をあたえている。おまえさんは、まだ本物の陰仕えにはなっていない。おまえさんが本物の陰仕えとなるまで、俺があずかっていてやろうと言っておるのだ。悔しければ、一日も早く本物の陰仕えになれ。俺はおまえさんが一人前の陰仕えになれるよう手助けしてやってるのさ」

なんという身勝手な言い分……

「それがしをこれ以上、愚弄するのであれば、兄者とて許さぬ」

紋四郎は刀の柄を握りしめていた。

ところが剣死郎は嘲るように笑いかえしてきた。

「力尽くで俺から虎徹を取りもどすというのか。それもよかろう。兄弟の絆《きずな》など脆《もろ》いものだとは思わんか」

「むむっ……」

紋四郎は返す言葉がなかった。

そのとき、剣死郎は急に呻《うめ》いて立ちどまり背中を丸めた。

よろよろと欄干《らんかん》に近よって体をあずける。

痛みをこらえているかのように顔をゆがめている。

「兄者、どうした」

「おまえさんの情けなさにつきあっているうちに疝気《せんき》を起こしたようだ」

疝気とは下腹《したはら》の痛みを総じていう。

剣死郎は額にうっすらと脂汗を浮かべていた。

武家の男子たる者、暑さ寒さや痛みなどはけして表情や言葉、さらには態度に表さぬよう厳しくしつけられている。生まれてすぐ将軍家に献上され、忍びとして育てられた剣死郎においてはなおさらであろう。

これほどに苦しさを見せるのは、相当な痛みを感じていると考えなければならない。

永代橋を行きから者たちが足をとめて、剣死郎を心配そうに見ている。

しばらくして痛みが治まったのか、剣死郎は屈していた上体を起こした。

「ぼんくらな弟を持つと、とんだ目にあうぜ」

今までの痛みや苦しみがまるで嘘であったかのように毒舌を吐いた。

「兄者、今日はこのぐらいにして、日を改めてお会いしましょう」

いつまた痛みが起きるやもしれない。

「心配無用。今日を逃すと、次はいつになるかわからぬからな」

剣死郎は苦笑いしながら手の甲で口のはしをぬぐった。

激しい痛みゆえに唇を噛み切ったのであろうか、ぬぐった手には鮮血がついていた。

三

永代橋を渡りきって深川に入った紋四郎たちは、大川に沿って北に進んだ。

通りの右側は深川佐賀町《さがちょう》だ。

深川佐賀町は、南から北にむけて下ノ橋、中ノ橋、上ノ橋の三橋をまたぐ、長さ四町にもおよぶ長い町屋だった。

とくに下ノ橋付近には油商人の会所があるため、ひんぱんに油の荷が出入りしていた。

紋四郎と剣死郎は仙台堀に架かる上ノ橋を渡り、仙台堀の北側にある通りを陸奥仙台藩の蔵屋敷に沿って東へと進んだ。

「あの男だ」

剣死郎が小声でささやいた。

蔵屋敷の塀の角に、長身の男が立っていた。

長く伸びた髪を結うこともなく、そのまま背中まで垂らして山伏《やまぶし》のようだった。

剣死郎が語っていたとおり、女と見まごうほどの美貌の持ち主だった。

派手な青海波《せいがいは》模様の筒袖の着物を身につけ、旅装束を思わせる裁着袴《たっつけばかま》をはいていた。

二人の見ている前で、長身の男の姿が屋敷の塀のむこうにすっと消えた。

紋四郎たちは男の歩速を頭に入れながら、あとを追う。

先ほど男の立っていた塀の角にさしかかったところで、話し声が聞こえてきた。

「なんだ、おぬしは……」

そこは海辺大工町代地にむかう細道で、往来の多い仙台堀沿いの道とは異なり、人気《ひとけ》がまったくなかった。

耳障りな濁声《だみごえ》の持ち主は戸惑っているようであった。

「お待ちかねの者さ」

女のような声が返事した。

「おぬしのような者と会う約束などした憶えはない」

「女を待っていたんだろ。代わりにあたしが来てやったのさ。さぞかし残念だろうが、女は来ない」

「なにをわけのわからんことをほざいておるのだ」

塀の角から様子をうかがうと、巻羽織姿の定町廻り同心と供の者たちが先ほどの男と対峙していた。供の者たちは同心の背後ですくみあがっていた。

両側にそびえる塀が、暮れなずむ夕陽をさえぎり、道は早くも薄闇に沈みはじめている。

「女から言づてでも持ってきたのか」

「そんなものはない。あたしが用があるのさ。あんた、同心殺しを捜してるんだろ」

「ほう、おぬしがその同心殺しだとでも言うのか。面白い。町奉行所の人手を尽くしてもなかなか見つからず、捜しあぐねておったところだ。それが、こうしてのこのこと名乗りでてくれるとは、まことに好都合」

「あんたは南町奉行所の黒坂作左衛門だろ。お命ちょうだいつかまつる」

その言葉を聞いたとたん、黒坂の供をしていた岡っ引きや小者たちは悲鳴をあげて逃げだしてしまった。黒坂はよほど人望がないらしい。

一人とり残された黒坂だが、動じる気配は微塵も見せなかった。

「おぬしは無手《むて》ではないか。どう戦うつもりだ。戯れ言も過ぎれば、とりかえしのつかぬ事になるぞ」

「無用な長物など、ないほうがマシなのさ」

同心殺しを名乗った男は、甲高い声を響かせた。

女のような声音には、冷たく陰惨な響きが漂っている。

「ならば、致し方ないか」

黒坂は殺気をにじませながら、すっと刀を抜いた。

「返り討ちにしてくれるわ」

刀を中段に構えたところで低い唸り声をあげた。

本来ならば、刀を持った側が圧倒的に有利なはずだった。

ところが素手でいる長身の男がゆったりと構えているのに対し、刀を手にした黒坂には追いつめられた者の息苦しさのようなものが感じられた。

紋四郎は黒坂を助けようと足を踏みだした。

「待て」

剣死郎に押しとどめられる。

「あの者が大三郎とつながっている以上、まだ動くべきではない。もう少し泳がせてみるのだ。それに無手でどう戦うのか、奴の手のうちを見せてもらおうじゃないか」

「だが、このままではあの同心が……」

「馬鹿者。ぼんくらさんは、ご自分の立場をお忘れか。おまえさんは陰仕えなのだぞ。出番は今じゃない」

剣死郎の叱責を浴びて、紋四郎は不本意ながら踏みとどまった。

長身の男と黒坂の間に漂う張りつめた空気は今にも弾けそうだった。

「きぇっ！」

黒坂が声を発して刀を上段に振りあげ、袈裟《けさ》に斬ってでた。

夕闇を切り裂く剣風は、じめじめした風をもひゅうっと巻きこむ。

だが長身の男は真横にすっと動いただけで難なく刃をかわしていた。

長髪が体の動きにともなって黒糸の束が舞うように揺れる。

「無刀取り……」

紋四郎の口から我知らず声が洩れた。

男は素早く黒坂に身を寄せた。

拳《こぶし》での突きの間合に入るつもりなのだ。

黒坂も腕には自信があるようで、かわされたと知るや、右足を大きく開きながら、振りおろした刀を横に薙《な》いだ。

同時に、ボクッと鈍い音が夕闇に響いた。

「な、なんと……」

紋四郎は啞然として息を吞んだ。

男は黒坂の胸に拳を打ちあてていた。

黒坂は糸を断ち切られたあやつり人形のごとく体を折りたたむようにして倒れ伏した。

不自然な姿勢で地面にごろりと転がったまま動かない。

ほとんど即死である。

仙台堀を横切る船の灯火が筋となって射しこんできて長身の男の顔の輪郭をなぞる。

灯火に照らされた男は妖艶な笑みを浮かべていた。

船は足早に遠ざかり、暗闇が投げ網のように落ちてきた。

つづく船の灯火が照らしたときには、男の姿はすでになかった。

黒坂の亡骸《なきがら》だけがとり残されている。

「一撃の拳のみで命を奪うとはな」

剣死郎があきれたような声で言った。

「兄者、あれは鎧徹《よろいどお》しの技だ。兵原先生から教えを受けたことがある」

「なんだよ、それは」

「拳の打撃力を体の深奥《しんおう》にまでいたらせて臓腑《ぞうふ》を打ち砕くという恐ろしい技だ」

戦国時代の戦さにおいては、刀や槍が折れれば、当然のことながら無手で戦わなければならなかった。

そのときに無闇に拳を振るっても、鎧を着ている者には通じない。

だが鎧徹しの技をつかえば、打撃の威力を鎧の裏側にまで貫通させ、さらには肉体の奥深くまで浸透させることができるのだ。

「兵原先生が教えてくださった骨法に似た技があり、それがしはわが身で兵原先生の一撃を受けてみたことがある。先生はかなり力をかげんしたとおっしゃっていたが、それがしは四半刻（三十分）ほども気を失っていた」

道場にいた者たちは紋四郎が死んだのではないかと大騒ぎし、兵原先生こと平山行蔵も慌てたと聞いている。

「殺された同心たちに刀傷がないのはそのためか」

暗闇のなかで剣死郎が舌打ちした。

「おそらく。それと同心の一撃を難なくかわした技も気になる。断言はできぬが、無刀取りの技だったのでは」

紋四郎の知る無刀取りは、刀をかわしたあと、柄を握る相手の腕の間におのれの腕をねじこんで梃子《てこ》の応用で相手から刀をもぎとる。

だが同心殺しの男は、鎧徹しの一撃で相手を屠《ほふ》ったのだった。

あの男が大三郎の屋敷に出入りしているという。

これはなにを意味するのか？

紋四郎の心を安らかにしてくれるような推論は、どう考えても思いつかなかった。

四

紋四郎が屋敷にもどったのは、宵五ッ（午後八時）を過ぎたころだった。

さっそく奥の間にさくらを座らせて、同心殺し捜しをすぐにやめるよう懇々と諭した。

「それがしは今日、偶然にも同心殺しの現場に行きあわせた。同心殺しの男は、じつに恐ろしい技をつかっていた。襲われた同心もかなりの腕前の持ち主であったが、まったく相手にならなかった」

さくらが驚いたように目を見開いた。

「殿さま、もしや殺された同心の名は黒坂作左衛門というのでは」

今度は紋四郎が驚く番だった。

「そのとおりだが、なぜ知っておるのだ」

この日一日のさくらの動きを聞かされて、紋四郎は舌を巻いた。

同心殺しが黒坂作左衛門を襲うとあらかじめ見当をつけ、黒坂の前に女が現れることも読み、さらには女を見つけだしていたとは……

見事だと褒めてやりたかったが、さくらがそれだけ危ない橋をすでに渡っていたことも意味した。

「それにしても惜しいことをいたしました。のりの餌が気になって屋敷にもどったのですが、あのまま女を追っていれば、わたくしも同心殺しの現場に立ちあえたかもしれないのに」

「なにを言うか。御身があの男に顔を見られれば、今度は御身が狙われる立場となるのだぞ」

紋四郎の心配をよそに、さくらは別のことに想いを馳せているようだった。

「わたくしの追ったのは、とびきりの美女でした。かたや殿さまは、同心殺しの男は女と見まごうほどの美男だったとおっしゃいました。これはいかがなことを意味するのでしょうか」

「先ほど御身は、国芳の描いた絵を頼りに女を見つけだしたと言ったな。今その絵を持ちあわせておるか」

「はい、ここに」

さくらはふところを掌で押さえた。

国芳の描いた落書きのような絵を大事そうにふところに入れているとは由々しきことではないか。

紋四郎は我知らず、またもや焼きもちを焼いていた。

「出せ。その絵とやらを見せてみよ」

本心は見たいというよりも、一刻も早くさくらから国芳の絵を取りあげてしまいたかった。

「そうですね。同心殺しの顔と女の似顔絵を見比べるという手がありましたね。さすが殿さま、よくぞお気づきで」

さくらはふところから二つ折りの絵を取りだして紋四郎の前に広げた。

「かなりの美女だが、まことにこのような顔をしておったのか」

「実物とまごうことなき絵にございます」

国芳の絵の腕前を褒めるような口ぶりが、紋四郎には面白くない。

だが、今は焼きもちなど焼いている場合でなかった。

紋四郎は改めて絵をじっくりと見た。

「それがしが見た同心殺しの男もたしかにこのような顔をしていた。顔のつくりや鼻筋は似ているが、このような団子髷は結っていなかった」

目の大きさや唇の形にも違いがあるような気がしてきた。

「男と女では顔の造りに違いがございます。似ているとすれば、血のつながりのある者やもしれませんね」

「まさか兄妹だというのか……」

紋四郎と剣死郎は兄弟だが、それほど似てはおらぬ。ことによると大三郎と幻蔵も兄弟かもしれぬが、こちらはそう言われてみると、よく似ている。

このうえは、同心殺しまで兄妹だというのか。

偶然なのか、はたまた宿命なのか、あまりにも奇妙な符合だった。

「どうか、なされましたか」

さくらがけげんな顔で紋四郎を見ている。

「いや、なんでもない。とにかく先ほども申したが、今後は同心殺しからいっさい手を引くのじゃ。よいな」

「それでは『よろず難題相談』が看板倒れになってしまいまする。たかさんになんと言い訳すればよいものやら」

あれほど張りきっていたのだから、さくらの気持ちはわかる。

しかし、さくらをこれ以上、危険にさらすわけにはいかなかった。

さりとて一方的に手を引けと強要すれば、これまでの例でもわかるように、紋四郎の制止を振り切って暴走しかねない。

ならば――

「これからは御身に代わって、それがしが同心殺しの調べにあたる。同心殺しの男の顔も目撃しておるゆえ、御身よりも見つけだすのは容易であろう」

剣死郎によれば、あの男は大三郎の屋敷に出入りしているという。

さくらの仕事を引きつぐまでもなく、紋四郎は、あの男の正体をつかまねばならなかった。

「わかりました。殿さまのおっしゃるとおり、同心殺しの件はおまかせいたします」

「わかってくれるか……」

さくらはいつになく素直に紋四郎の申し出を受けいれてくれた。

紋四郎は、さくらを説得できたことに満足したが、あまりにもあっけなく応じてくれたことに一抹の不安も感じた。

「ついては、これまで御身が見聞きした一部始終をそれがしに教えてくれ」

さくらは紋四郎の目を見つめながら、こくりとうなずいた。

子猫のような漆黒の瞳が、たまらなく可愛らしい。

これから聞く話のなかに幾度も国芳の名が出てくるのは避けられないだろう。

腹立たしいかぎりだが、そこは頼りがいのある夫を演じるためにも我慢のしどころであった。

第六章　陰の立役者

一

翌日の午過ぎ――

昼餉《ひるげ》を終えた紋四郎が出かけるや、それを待っていたかのように国芳がひょっこりと顔を現した。

「姉ご、昨日はお疲れさまでした」

あたかも門の陰で紋四郎が出かけるのを待ちかまえていたかのようであったが、もちろん歌川国芳はそのような姑息《こそく》な男ではない。

「殿さまは、昨日わたしたちが引きあげたあと、黒坂作左衛門が同心殺しに襲われるところに居あわせたんですって」

さくらは、さっそく昨夜の話を持ちだす。

「そいつぁ、驚いた。まだ瓦版にもなってねえよな」

「女の絵を見せたら、同心殺しと似ているっておっしゃったの」

国芳は目をむいた。

「どういうことだい。おいらたちが追っていたのは女だ。つまり同心殺しの下手人は、あの女だったってことかい」

「それが違うの。同心殺しは美形だったけど、たしかに男だったと殿さまは言うのよ」

のりが欠伸をしながら姿を見せた。

いつものようにくんくんと国芳の匂いを嗅いでから、甘えるように膝の前でごろりと横になる。そして腹を撫でてほしいと言わんばかりに、あおむけになった。

「じゃあ、他人の空似かい？　それとも血のつながりのある兄妹とか」

国芳は手を伸ばして、のりの腹をさすりながら言った。

「そうかもしれない」

「下手人の見当がついたってのは、大きな収穫じゃねえか。これから先は、あの絵によく似た男女を捜せばいいんだから」

国芳の手慣れた猫のあつかいは、ほかの者の追随を許さない心地良さをあたえるようで、のりは満足そうに目を細めてゴロゴロと喉を鳴らしている。

「でも、わたしたちの探索はもうおしまいなの」

さくらは残念そうに、紋四郎に同心殺しを引きついだことを国芳に告げた。

「ははあ、旦那に叱られたんだろ。そりゃあ、そうだろうぜ。姉ごみてえに危ねえことばっかりされたら、旦那だって生きた心地がしねえよ。よかったじゃねえか。旦那が本気で乗りだしてくれるんなら、下手人の顔も見てることだし、意外に早く一件落着するんじゃねえか」

「わたしもそう思うの。だから、そ、そっちのほうは殿さまにおまかせすることにしたの」

国芳は、ぽかんと口を開けたままだった。

撫でる手がとまったのが不満らしく、のりは投げだしていた頭を持ちあげて国芳をにらんだ。

「え？　そっちのほうって、どういう意味だい。まさか、そっちがあるぐれえだから、こ、こっちがあるってえことかい？」

「そうよ。同心殺しは殿さまにおまかせして、わたしたちは、今日から『先生』捜しをするのよ」

国芳は眉を八の字に寄せた。

「なんだよ、その『先生』ってのは……」

「もう忘れちゃったの。あなたと一緒に出会茶屋の二階にあがって、針之介さまの密談を壁ごしに盗み聞きしたじゃない。あのとき針之介さまが『先生』と呼んでいた相手のことよ」

国芳は思いだしただけでも恐ろしいと言わんばかりに、ぶるぶると顔を左右に振った。

「あんときゃ冷や汗かいたぜ。出会茶屋は男と女が逢い引きする場所だ。姉ごったら、そんなところにおいらと一緒に入ろうって言ったんだからな」

「だって、しかたがなかったじゃない。女が一人で入るわけにもいかないでしょ」

「姉ごはそれでいいかもしれねえが、あとで旦那に責められて、危うくあの世に行かされるところだったんだぜ。おいらはもう二度とあんな目にだけはあいたくねえ」

さくらは渋る国芳を無視して話を進める。

「針之介さまが『先生』と呼んでいた男は、民を味方にして、ゆくゆくは公儀を転覆させると言っていた」

「ああ、聞いてる最中に火事があって、おいらはそっちに駆けつけたんだった。残った姉ごが、そう聞いたんだったよな」

国芳という男は半鐘の音を聞いたとたん、なにもかも放りだして火事場に駆けつけるほどの火事病（火事好き）だった。

「わたしの予想していたとおり、黒坂作左衛門は殺された。間違いなく同心殺しは、町人に喝采を浴びるために標的を選んでいるのよ。どう？『先生』の目的とぴったり重なるでしょ」

「へー、そういうわけで、姉ごは『先生』が同心殺しの黒幕じゃないかと思ったわけね」

「そういうわけなのよ」

「なんだい。ということは結局、同心殺しにたどり着くってあんばいじゃねえか。同心殺しは旦那にまかせるなんて嘘八百じゃねえか」

「人聞きの悪いこと言わないでよ。たしかに殿さまは同心殺しからは手を引けとおっしゃったけど、『先生』を捜すなとは言わなかった」

そう言うと、さくらは丸髷に挿してあった赤珊瑚の玉簪に手をあてた。

「へん、ものは言いようだぜ。旦那が頭をかかえるのも無理はねえ。それに『先生』だか、黒幕だか知らねえが、姉ごみてえなしつこい女に目をつけられた奴も不運だねえ」

「なに失礼なこと言ってるのよ」

玉簪から手を離すと、さくらは頬をふくらませた。

「こりゃあすまねえ、しぶとい女の言い間違いだった」

「同じじゃない。国芳ったら、どうしてそんなに憎まれ口ばかりたたくわけ」

「へへっ、おいら姉ごを褒めてるつもりなのになあ。ほかにも色々あるぜ。筋金入りの鉄火女とか、深川芸者顔負けの気っ風《きぷ》と度胸の持ち主とかな。まだあるぜ、江戸一番の女丈夫《じょじょうふ》なんてどうだい」

国芳は得意げに目を細めた。

「よくもまあ、次々とならべたものね。おまけに、呼ばれてうれしいのがひとつもないじゃない」

「まあまあ、そんなにトンガるなよ。ところで、その『先生』とやらを、いったいどうやって捜すつもりなんでぇ」

「針之介さまの物言いからして、きっと『先生』は儒学者で、どこかで教場を開いて講釈をしてるんじゃないかと思うの。片っぱしからあたってみようと思うのよ、どう？」

二人に無視されたのりが臍《へそ》を曲げたようにペタペタと尻尾で畳を叩いている。

国芳の手の動きがとまってしまったので催促しているのだ。

「こりゃすまん、のりのことを忘れたわけじゃないぜ」

国芳は調子のいいことを言って、のりの腹を撫ではじめた。

「けどなぁ、江戸にゃあ『先生』なんてごまんといるぜ。そんななかから探しだすなんて、それこそ難題相談じゃあねえか」

「江戸中を探しまわるなんて言ってないわ。針之介さまと『先生』が密談していた茶屋は鳥海橋《とりうみばし》の近くだった。きっと『先生』の住みかは品川宿のどこかよ。それと『先生』って、たぶん王学（陽明学）の『先生』だと思うの。『先生』の信条って、王学そのものって気がするの。だから品川近辺に住んでいる王学の学者をあたれば見つけだすことができるはずよ」

「王学って、なんだか知らねえが、姉ごって意外と学があるんだなあ」

「あら、失礼ね。わたしは子供のころのあだ名が『文字食い虫』だったのよ。家にある本を片っぱしから読んだものだわ」

「へえ、姉ごが文字食い虫ねえ。で、どうやってその王学の『先生』とやらを見分けるんでい」

「壁ごしだったけど、わたしは『先生』の声や口調を憶えている。後ろ姿も首のない小柄な体つきだったから、会えばすぐわかるはず」

「で、品川のどこから始めるつもりだい。おいら、学者先生のツテなんざぁまったくないぜ。いろは四十八組の詰所なら、ひとつ残らず知ってるけどな」

「今から『十五夜』に行きましょう。女将さんに頼んで、品川宿に住んでいる王学の先生を教えてもらうのよ」

縄暖簾『十五夜』の女将お春は記憶の達人で、ちまたの噂から瓦版の中身まで、なんでもこと細かに憶えていた。

だが国芳は露骨に顔をしかめてみせた。

「『十五夜』の女将に聞こうってのかい。なら、おいらは遠慮しとくよ。あの婆さんは苦手でね」

「なに言ってんのよ。ほかに誰に聞けばいいって言うのよぉ」

ニャオン
そのとき、のりが鳴いた。

まるで二人の会話の内容がわかっているようだった。

のりは『十五夜』の月次朗がつくる魚の煮つけが大好きで汁までしっかり舐めとった。

「ほおら、のりも『十五夜』に行って大好物を買ってきてと言ってるじゃない」

「ちっ、のり。いつからそんな知恵がまわるようになったんでえ。おいらをこきつかうたぁ、とんでもねえ猫だぜ」

国芳の言葉がわかったように、のりはフーッと不満げに唸った。

二

さくらと国芳が『十五夜』の暖簾をくぐると、お春が正面の床几に腰かけていた。お春は鋭い観察眼の持ち主で、文字どおり鷲を思わせる鋭い眼をしている。肩を怒らせて町を闊歩《かっぽ》するごろつきが因縁をつけに店に入ってきても、お春のひとにらみですごすごと退散していくほどである。

とはいっても、紋四郎とさくらの結びの福の神であり、また二人にはめっぽう甘く、そんなときは鷲の眼が慈愛の菩薩の眼になる。

「なんだい、こないだモンシロの旦那が来たかと思ったら、今日はさくらかい。ったく、あんたたちもせわしいね」

さくらは挨拶もそこそこに来訪の目的を切りだそうとした。

「女将さん、今日はお願いがあってきました」

「あはは、それを言うなら今日も、だろ」

そう言ってから、お春は国芳をぎょろっとした目で見た。

「まだこの男と一緒にうろついてるのかい。いいかげんにおしよ」

「違いますす。国芳はわたしのわがままを聞いて、いつもつきあってくれてるのです」

「さくら、男ってのは油断がならないからね。なに食わぬ顔でそばにいたかと思ったら、突然、狼みたいにがぶっと噛みついてくるんだ。この男だって、わかるもんか」

お春は国芳にかぎらず、さくらに近よってくるすべての男をひどく警戒していた。

このまま黙っていると、またお春の説教が始まりそうだったので、さくらはいきなり用件を切りだすことにした。

「品川宿に住んでいる王学の先生を調べたいんだけど、女将さんが知ってる先生の名前と居所をぜんぶ教えてほしいんです」

「やぶから棒になんだい。王学の先生なんて、いったいどういう風の吹きまわしだい。また、なにか、とんでもないことをおっぱじめようとしてるのかい。モンシロの旦那をあんまし心配させるんじゃないよ」

「はい、よくわかってます」

さくらは殊勝にぺこりと頭をさげた。

「わたしには女将さんしか頼れる人がいないんです」

お春に対するさくらの必殺の殺し文句である。

「んもう、しょうがないねえ……ちょっと待っておくれ」

お春は眼を宙にむけると、親指と人さし指をこすりあわせはじめた。記憶をたどるときの癖だった。

お春の首には、いつも白い布が幾重にも巻いてある。暑い夏にもはずすことはない。喉が弱いので冷やさないようにしているなどと適当な言い訳をしているが、さくらはなにか深い事情があるのだろうと思っている。

客は、ほかに安藤万民がいた。

総髪と深いしわを刻んだ顔に見憶えがある。紋四郎とはときどき話をするらしい。顔だけは知っているものの、声をかわしたことはなかった。

歳は五十前といったところか。

万民は頬杖をついて物想いにふけるように一人静かに飲んでいた。

さくらはお春に眼をもどした。

お春は虚空を見つめたまま、しばらくの間なにか念仏のようなものをぼそぼそと唱えていたが、やがて視線をさくらにもどした。

「じゃあ、言うからね。しっかり書きとっておくれ」

「女将さん、ちょっと待って」

さくらは国芳に目配せした。

「なんだよ、おいらに書きとれっていうのかい。これじゃあ、まるでさくら姫の祐筆掛《ゆうひつがかり》じゃねえか」

国芳の科白を聞いたお春が眼をつりあげて叱りつけた。

「これ、文句を言わずにしっかり書きとめなさい」

「ちぇっ」

国芳が不満そうに口をとがらせると、万民が話を聞いていたらしく、ははっと笑った。

「いいかい。王学かどうかよくは知らないが、まずは北品川宿の北の端に一谷源水《いちたにげんすい》先生が住んでるね。そのすぐ近くに桜井竜童《さくらいりゅうどう》先生もいるよ。それから……」

次々とあがる名前は、さくらの知らない学者ばかりだった。

お春の弁にしたがって筆を走らせていた国芳が悲鳴をあげた。

「もう三十人になるぜ。これじゃあ紙が足りなくなっちまうよ。この婆さん、どんだけよく憶えてるんだい」

「これ、国芳。今おまえ、なんと言った」

お春が眉をひそめて国芳をにらみつけた。

「婆さんとは失礼な。あたしにゃあ、ちゃんと春という名前があるんだ」

「ち、わかったよ。お春姐《ねえ》さんと呼べばいいんだろ」

「少しは利口になったじゃないか」

お春は満足そうに微笑《ほほ》えむと、ふたたび口を動かしはじめた。

終わってみれば、その数なんと四十七人。

品川のような宿場町によくぞこれだけの儒学者がいたものだ。

「ふう、月次朗。喉がからからだよ。白湯《さゆ》を持ってきておくれ」

月次朗が板場から湯呑みにそそいだ白湯を運んできた。

さくらと国芳の分もある。

月次朗もお春に似て猛禽《もうきん》の眼の持ち主で、一見近よりがたい顔つきをしている。

しかも無口で、料理の注文を受けたときも「へい」と答えるのがせいぜいだった。

だが、つくる料理と同様に、なににつけちょっとした気配りがあって心の温かみを感じさせた。

お春が嫌うため猫を飼えずにいるが、大変な猫好きで、客が猫の話をしはじめると、料理そっちのけで耳をすますあまり鍋釜を落としてしまうほどだった。

白湯を飲み干したさくらは、お春と月次朗に礼を言って立ちあがった。

「ありがとうございます。これから調べに行きます」

「姉ご、こんなにたくさんいるんだぜ、どうするつもりだい」

国芳が、右手のひじを大げさに揉みながら訊いてきた。

五十人近くの名前と居所を闇雲に書かされたので手が疲れたと言わんばかりだった。

「一人一人あたって確かめるに決まってるじゃない。ほかにやり方があるの？」

「そりゃあそうだけど、何日かかるやら」

「なに言ってんのよ。つべこべ言わないで、さあ出かけるわよ」

国芳はあきれ果てたようにため息をついた。

「みーんな姉ごみてえだったら、世の中、さぞかし泰平だろうなあ。先々のことなんかぜんぜん心配しないで」

「あら、わたしだって、先のことは考えているわよ」

「ほう、そうかい。それじゃあ今後の首尾を聞きたいもんだねえ。どうやって、こんだけの人数をこなすんだい。まさか猫の手を借りるとか言うんじゃねえだろうな」

猫と聞いて、空になった湯呑みを盆にのせて運んでいた月次朗がけつまずいた。

「今日一日で片づかなければ、また明日捜せばいいでしょ。明日が駄目なら、明後日があるじゃない。猫の手なんか借りる必要はないわ」

ガチャンという派手な音がした。

見れば月次朗がお盆ごとその場に引っくりかえっていた。

三

はりきって出かけた二人だったが、先生の聞きとりは予想以上に困難をきわめた。

品川宿は、北品川宿、南品川宿、北品川《きたしながわ》歩行新宿《かちしんじゅく》の三宿からなる。千住、板橋、内藤新宿とともに江戸四宿と呼ばれたが、品川宿がもっとも栄えていた。なにしろ東海道の出入口で旅籠屋が百二十軒近くもあるのだ。しかも、そのうちの九十軒あまりに飯盛女《めしもりおんな》をおいていた。飯盛女とは娼婦であり、品川宿は吉原とならぶ歓楽街となっていた。そのため旅人ばかりでなく、遊び目的でやってくる男たちも多く、夕刻以降ともなれば、かなりのにぎわいを見せた。

鳥海橋から近いのは北品川宿と北品川歩行新宿であり、さくらたちはまず北品川宿からあたることにした。

夕刻までまだ間があるというのに、通りには旅姿の者たちにまじり、小袖に羽織を重ね着して通人を気どった男たちがうろうろしていた。

二人は、お春が最初に挙げた先生を訪ねてきたところだった。

国芳が疲れきった顔で、ふうと息を吐きだす。

「一谷源水って野郎、儒学者が聞いてあきれるぜ。餓鬼どもに習字を教えてるだけじゃねえか。それに、あのていどの字だったら、おいらのほうがよっぽどマシだ。それにしても話好きだったなあ」

『先生』の体形によく似ていたので話を聞いてみようと思ったのが大失敗だった。源水は、あやめ屋新八以上のなみはずれた話好きで、いったんしゃべりだしたら、とまらなかった。

しかも「火事」の話題が出たので国芳が食いついてしまったのだった。

そのため、さくらがそのしゃべり方で別人だとすぐ判断したのにもかかわらず、一刻(二時間)あまりも費やしてしまった。

「国芳のせいよ。源水が火事の話を始めたら、あんた食いつくように話に乗ってしまったじゃない。早く話が終わらないかと、わたしはやきもきしていたのよ」

「だってよう。火事病とまで言われるこのおいらにむかって、あの先生は火事の現場も知らないくせに講釈しやがるから、ついかちんときてしまったのさ」

「そんなこと聞き流せばいいじゃない。出足からこの調子じゃあ、ほんと先が思いやられるわ」

「だから言ったじゃねえか。五十人近くまわるなんて絶対無理だって」

行く先々がこんな調子だった。

おかげでこの日、足を棒にして七人もの儒学者を訪ねたのだが、成果は皆無だった。

七人のうち五人はまったくの別人で、一人は不在だった。

最後の一人にいたっては、講堂の出入口に陣取っていた門人たちに不穏の輩ではないかと怪しまれ取り囲まれてしまう始末で、あやうく袋叩きになりそうだった。

「……ったく、ひでえ一日だったぜ」

追いかけてきた門人たちを振り切ったのを確かめ、二人は谷山《ややま》稲荷の真っ赤な鳥居の前で走るのをやめた。

社《やしろ》の背後には夕陽を浴びてきらきらと輝く江戸湊《みなと》が見える。全国から物資を積んだ船が集まり、大変なにぎわいを見せていた。

「こんな調子で、あと四十人もあたるのかと思うと、うんざりするぜ」

国芳がまだ息を弾ませながらボヤいた。

「まだ初日じゃない。弱音を吐くのは早すぎるんじゃない」

そう言うさくらも息も絶え絶えだった。

さすがに今日はもう引きあげようと、国芳に告げようとした矢先、大きな人だかりが目に飛びこんできた。

「なにあれ？」

「読売が瓦版を売ってるんだろ。それにしても、大した人だかりじゃねえか」

さくらも国芳も好奇心のかたまりである。

「行ってみようよ」

長々と走った疲れもなんのその、二人は勢いよく走りだしていた。

「その瓦版には、なんて書いてあるんですか」

人だかりに取りついたさくらは、群がっている町人の一人に訊ねた。

「定廻り同心がまた一人殺されたらしいんだ」

「なんですって」

さくらは人だかりをかき分けて前に進み、瓦版を手にした。

人だかりの外で待っていた国芳と一緒に目を通す。

「やっぱり、わたしの思ったとおりね。下手人を捕まえるどころか、次々に同心を殺されたとあっては、町奉行所の面目は丸潰れじゃない。『先生』の思惑どおりじゃないの」

さくらは我が意を得たかのようにうれしそうに笑った。

四

宵五ツ（午後八時）を報せる時鐘が、短い余韻の鐘の音を響かせていた。

紋四郎の屋敷からそう遠くない臨済宗の寿昌寺《じゅしょうじ》から聞こえてくるため、時鐘を聞きのがすことはまずない。

さくらが屋敷にもどったのは暮六ツ過ぎだった。

その半刻（一時間）後に帰ってきた紋四郎は空腹をもてあましたかのように「海苔丼」を所望し、今は膳の前にどかっとあぐらをかいて丼のなかに顔を突っこむようにしてその海苔丼を食べている。

さくらが戯れに考案した「海苔弁」に狂喜した紋四郎であったが、近ごろではその海苔弁を進化させた海苔丼にすっかりはまっていた。

さくらのつくる海苔弁と海苔丼は、器が違うだけではない。

海苔弁は醤油飯に揉み海苔をふりかけただけの一品であるが、海苔丼は、白飯の間に海苔の佃煮を敷き、そのうえから揉み海苔をふんだんにふりかけたものだった。

（もしかしたら、この違いは海苔好きでない者には判然としないかもしれんな……）

ふと、そんな想いが紋四郎の脳裏に去来した。

膝元では、のりが鉢に顔を突っこむようにして魚の煮つけを食べていた。こちらは、さくらが帰りしなに『十五夜』で買い求めてきたものだった。

石川家では飼い猫のほうが飼い主よりも値の張る食事をすることは、ままあることであった。

紋四郎とのりの食べようが、あまりにもよく似ているので、さくらは笑いをこらえきれなくなりそうだった。

「殿さま、お味はいかがですか」

なんとか笑いをこらえながら問いかけると、紋四郎はおもむろに箸の動きをとめて丼から顔を持ちあげた。

口のなかのものをごくりと呑みこむと、唸り声を洩らしながら答える。

「美味い！　御身の手になる海苔丼は絶品じゃ」

たしかにかくなる発言は、海苔好きでない者には理解のおよばぬところであろう。

じつは、さくらも紋四郎の本心をはかりかねていた。

「そう言ってくださると、うれしゅうございます。海苔好きの殿さまのために精いっぱい真心をこめておつくり申しあげました」

白飯の間に敷いてある海苔の佃煮は、さくらならではのひと工夫の品であった。

さくらはこの正月、大森の海苔問屋の実家に里帰りしたとき、母親から三等杯なる調味料を直伝してもらった。

三等杯とは、醬油と酒と味醂《みりん》を同量混ぜて煮立たせたもので、蕎麦つゆにもなれば煮物にもつかえるという優れものであった
この三等杯で海苔の佃煮をつくってみたのだが、焦がさないように煮つめるのがけっこう難しかった。

「初めて食べたときのあの感激は今も忘れられぬ。『鰻めし』さながらに丼でこさえた一品ゆえ、それがしは海苔丼と命名したのだ」

丼に盛った白飯に鰻の蒲焼きをのせた一品を世間では「鰻めし」と呼んで今、大評判であるが、正しくは「鰻丼」と呼ぶべきであるというのが紋四郎の持論であった。

紋四郎は薄毛さえ目をつむれば、本来、歌舞伎役者さながらの美男であった。

そのきりりとした眉、暖かい微光をたたえた眼、すらりとした鼻梁、形のよい唇――どれをとっても、さくら好みで、いくら眺めていてもあきることがない。

なかでもさくらは、ものを食べているときの紋四郎の横顔が好きだった。食欲旺盛そのものの頼もしい食べ姿は、いつ見ても惚れ惚れする。紋四郎が食べる姿を背後からながめるのも、また一興であった。頭が動くたびに、小さな髷が微笑ましく揺れる。

のりも興味を惹かれるらしく、首を伸ばして髷の動きに魅入っている。さくらがもしも猫に生まれ変わったならば、前足で髷に戯れていたかもしれない。

そんなさくらの空想もつゆ知らず、海苔丼を食べ終わった紋四郎は膝にのりをのせて満足そうに茶を飲んでいた。

猫と一緒にくつろいでいる夫の姿に微笑みかけながら、さくらは口を開いた。

「今日は、北品川の儒学者を訪ねてまわりましたの」

針之介をあやつっていた『先生』を捜しだすためとつけ加えると、紋四郎は湯呑みを手にしたまま、ごほごほと咳きこんだ。

「なんと……同心殺しの件からは手を引くと約束したばかりではないか」

「『先生』捜しは、別でございます」

「屁理屈を言うな。御身は『先生』こそ同心殺しの黒幕だと息巻いておったではないか」

「あら、それでは殿さま、『先生』が同心殺しの黒幕だというわたくしの考えにご同意してくださるのですか」

紋四郎は、眉毛をきりっと持ちあげたものの、なるべく優しく言おうと努めた。

「御身のことだ。新たな同心殺しがあったのは知っておるな」

「はい、瓦版で読みました」

「こたび犠牲になった同心も、手におえない曲者だったと聞く。女癖が悪く、他人《ひと》さまの女房や娘を手籠めにした挙げ句、怒鳴りこんできた亭主や父親を斬り殺し、おのれの無実をでっちあげて平然としているような男だったのだ」

さくらは言葉を足した。

「つまり、その同心も世の鼻つまみ者、これを誅《ちゅう》することで町人たちの喝采を浴びようとしたわけですね」

「さよう。民の心を公儀から遠ざけようとする意図が見え隠れしておる。御身の目のつけどころは間違ってはいなかった」

紋四郎にそう言われて、さくらは顔をほころばせた。

「喜ぶのはまだ早い。もしも、それがしの見た同心殺しの男がその『先生』の命で動いておるとすれば、『先生』捜しがどれほど危ういことか、わかるであろう。即刻やめるのだ。当分の間、外出を禁ずる」

さくらは外出禁止を命じられたにもかかわらず、ことのほかうれしそうだった。

「殿さま、ようやくわかってくださいましたのね。うれしゅうございます」

さくらは喜びのあまり抱きつこうとしたが、紋四郎に制された。

「待て、のりが見ておる」

のりが両眼を細めて紋四郎とさくらをにらんでいた。

のりは仲のよい二人を見るのが、すこぶる面白くないらしい。

ニャ〜ゴ
唸るような声を発した。

飼い猫は飼い主に似るというが、のりは紋四郎に似て、どこまでも嫉妬深いようであった。

第七章　陰の糸

一

三日後の四月八日朝、紋四郎は幻蔵とともに三河町一丁目にある薬種屋「大坂屋」の二階にいた。

雨戸を閉めきっており、すき間から細い筋となった朝陽が射しこんできている。

この日は釈尊《しゃくそん》の降誕《ごうたん》の日とされ、江戸中の寺院で灌仏会《かんぶつえ》の法要が営まれていた。

さまざまな花を集めた花御堂《はなみどう》をこしらえ、そこに釈尊を祀《まつ》る。

参詣人は銅盆の甘茶を仏頂にそそいで供養するのである。

寺院の前を通りかかれば、花と甘茶から、そこはかとない甘い香りが漂う。

信心の薄い者でも、このときばかりは御仏の存在を身近に感じるのであった。

今、紋四郎が幻蔵とむかいあっている座敷には漢方臭い湿った空気が滞っており、息苦しささえおぼえるほどだった。

紋四郎の話をひととおり聞き終えた幻蔵が似合わぬ神妙な顔つきで、ふうむと鼻を鳴らした。

「そうか、剣死郎と会って話をしたか……」

紋四郎の予想に反して幻蔵はそのことに大してこだわらなかった。

むしろ同心殺しの件をことのほか重大視しているようであった。

「上さまもこたびの一連の同心殺しの件は気にかけておられる。無刀取りや鎧徹しをつかう者の仕業だったとはな」

幻蔵は、将軍からの仕置きの命を紋四郎に伝えるとともに、紋四郎から将軍に伝えたきことがあれば、それをつなぐ役割を担っていた。

つづけざまに起こった同心殺しが、幕府にとって看過できぬ事件であることは紋四郎もよく承知していた。

先日、目撃した同心殺しの模様とその狙いを将軍の耳に入れておく必要を感じて幻蔵に伝えたのだった。

加えて、この機会を利用して幻蔵に問いただしたいことがあった。

「おぬしに訊きたいことがある」

おぬしという呼び方が、父親の兄、つまり伯父に対する言葉としては適切でないことは重々承知していたが、さりとて、これまでの呼び方を変えるのにも抵抗があった。幻蔵との血のつながりを認めたくない気持ちがあるからだろうか。

「それがしは兄者と会い、父が我欲のために陰仕えのもうひとつの務めを悪用していることを知った。おぬしが父の勝手なふるまいを知らぬはずはない。どうしてこれまで見逃してきたのだ。しかもそれがしには、もうひとつの務めがあることなど教えようともしなかった。なぜだ」

紋四郎がもっと早く陰仕えのすべての務めを知り、かつ引きついでおれば、大三郎もおかしな野心にとらわれずにすんだかもしれない。いわば、幻蔵が招いた失態と言えるのではないか。

幻蔵は珍しく黙りこんでいた。かすかに唇がひくひくと動き、なにかを言いだそうとしながら煩悶《はんもん》しているのは明白だった。

だが、それもつかのま――。

幻蔵はいつもの厳然とした口調で返答をきっぱりと拒絶した。

「おぬしとわしとの関わりは、陰仕えの伝達のみだ。そのほかの問いに答える義務はない」

紋四郎がさらに言いかえそうとすると、幻蔵は意外な話を持ちだしてきた。

「以前、おぬしから、松本針之介をあやっていた『先生』なる者がおると聞いた。世直しと称してその『先生』が公儀転覆を企んでいたことも」

「いかにも伝えた憶えがあるが、それがどうしたのだ」

「こたび、その『先生』が、陰仕えを邪魔だてする者として浮かびあがってきたのだ」

「なんだと。いかなることか」

幻蔵は紋四郎から聞いた話をもとに独自の調べを進めていたらしい。

紋四郎は固唾《かたず》を呑んで、次の幻蔵の言葉を待った。

「その者は江戸の住人ではなく、国元で『自然真営道』なる看板を掲げて百姓相手に塾を開いておる。表向きは温厚な儒学者だが、その論じるところは、まことに苛烈きわまりない」

幻蔵はそこで口を閉ざし、紋四郎の心の奥をのぞきこむように顔を近づけてきた。

ヤニ臭い幻蔵の息が鼻をかすめる。

大坂屋の店先の通りから、足音や荷車の行きかう音が騒がしく響いてきている。

階下からは、薬種を買い求めに来た客と店者のやりとりも聞こえてくる。

幻蔵は紋四郎の眼をしっかりと見すえたまま『自然真営道』について語りだした。

『自然真営道』とは、今からさかのぼること数十年前、陸奥国八戸《むつのくにはちのへ》で医師をしていた危険人物が唱えた亡国の論である。これによると、人は土から得た食物を口にせねば、生きていけぬ。それゆえ、土から命の源をつくりだす百姓こそが、この世でもっとも貴い身分であると主張しているのだ」

紋四郎の反応を確かめることもなく、幻蔵はさらにつづけた。

「その論から言えば、百姓たちが生みだした土の恵みを右から左に売買する商人たちは小判鮫のようなもの。百姓たちの汗の産物である米を掠《かす》めとる武士などは、牛糞にたかる蠅ほどの値打ちもない、ということになる」

武家を頂点とする幕藩体制を真っ向から否定する危険思想だった。

『自然真営道』によれば、徳川幕府の安泰とその維持のために陰仕えとして働く石川家など、つまり紋四郎などは、この世に害なす存在ということになる。

幻蔵は顔色ひとつ変えずに言葉をつづけた。

「『先生』なる者は、その『自然真営道』の教えを実現せんとし、『世直し』と称して倒幕を企んで、新たな世をつくろうとしているらしい」

紋四郎は、なぜか松本針之介が口にしていた「世直し」を思いだしていた。

「その者の名はなんというのだ。教えてくれ。それがしに心あたりのある者なのか」

幻蔵は乾いた唇を舌でなめまわすと、意味ありげな笑みを浮かべた。

「聞かせてやろう、その者の名は……」

幻蔵はゆっくりと口を開いた。

二

さくらは今日一日、紋四郎の言いつけを守って外出はけしてすまいと心に決めていた。紋四郎は朝餉を食べたあと出かけ、屋敷には飼い猫ののりと下女のみさしか残っていなかった。

いつもなら国芳が、紋四郎の外出を見計らったかのように顔を出すのだが、近ごろ絵の注文で忙しいらしく、この日は姿を見せなかった。

なすべきこともなく、さくらは中の間に一人たたずんで、ぼんやりと庭をながめていた。

陽あたりのいい縁側にはのりが丸く寝そべり、温かな陽射しを独り占めしていた。

「退屈ね。誰か難題相談にやってこないかしら」

まあ、そう容易く自分の願いどおりの難題相談など来ないだろうと思いなおして、読みかけの『源氏物語』を手にした。

光源氏の織りなす恋愛模様は、なんと華麗であることか。

それにひきかえ、自分が棲《す》むこのうつし世の息苦しさといったら、どう受けとめればよいものやら。

さくらは、心の底からわくわくするような生き方を熱望していたが、それは稚《おさ》ない少女の夢のようなものであることもわかっているつもりだった。

夫に無理を言って「よろず難題相談所」を始めさせてもらい、同心殺しのような難事件が舞いこんできたこと自体、奇跡に近いこともわかっていた。

しかし、収まりようのない気持ちはどうすることもできなかった。

相談を持ちこんできた同心の奥方たかとは、あれから顔をあわせていない。

調べはそれなりに進んだが、同心殺しの正体まではたどりついていない。

こちらから出むいて進捗状況を説明することも考えたが、どうせ報せるなら、もう少し調べがまとまってからにしようと思いなおした。

気がつけば、さくらは『源氏物語』の世界にまったく入っていけない自分を改めて感じていた。

紋四郎の陰の顔について松本針之介から聞かされて以来、さくらの行き場のない想いはとどまるところを知らなかった。

誰よりも好奇心の強いはずのさくらであるが、今回だけは真正面からむきあうことを避けていた。

なにか本能的な勘のようなものが「知ってはいけない、近づいてもいけない」とささやきかけてきていた。

「よろず難題相談所」は、そんな自分の心を誤魔化すためみずから考えだした逃げ道だったのかもしれない。

いや、間違いなく都合のいい目隠しだった。

よろず難題相談に関わってさえいれば、紋四郎の陰の顔のことは忘れることができたから……

あれやこれや考えていると、縁側にいたのりがむっくりと起きあがって長々と伸びをした。

中の間に入ってきて、さくらの顔を見あげニャオンとねだるような声を出した。

「あら、お腹が空いたの？　殿さまと一緒でよく食べるわね。殿さまは毎日朝稽古を欠かさないけど、あなたはいつも寝てばかり。太ってしまうとお嫁さんにいけなくなるわよ」

するとのりは突然、さくらにむかってシャアッと歯をむいた。

「あら、わたしの言い方が気にいらなかったの。いつからそんな生意気さんになったのかしら」

しかし、のりをよく見ると、さくらの背後の壁にむかって視線を集中させていた。なにげなく振りかえって見ると、そこには針之介の遺歌を納めた額が飾ってあった。

「あら、のり、針之介さまの歌に文句でもあるの」

櫨紅葉《はぜもみじ》
よろずの民の
血のごとし
散るこそ華と
我が道をゆく

さくらは理由《わけ》もなく遺歌を口にしてみる。

「櫨紅葉、よろずの民の……」

そこまで読みあげたところで、どきりとして体を固まらせた。

この歌は、町奉行殺しの決行直前に、針之介が今の世を憂い、世直しを志した心のうちを詠《うた》ったものだろうと紋四郎から聞かされていた。

櫨紅葉の真紅の色は、民衆の血、すなわち江戸の町人たちの苦しみを意味するのだろう。

苦しみに喘《あえ》ぐ、数知れない人々のことを「よろずの民」と呼んで、針之介は世直しの志をつのらせていたのだと思っていたが、このとき、さくらはまったく違う解釈に行きついたのだった。

「よろずって『万』とも書く……もしかしたら『よろずの民』って、万民先生のことじゃ……」

さくらが針之介と『先生』の密談を盗み聞きしたときの様子を思いかえすと、針之介は『先生』の理念に深く共鳴していた。

つまり「よろずの民の」と「血のごとし」という二行目と三行目が遺歌の主眼で、「万民先生の血は櫨紅葉のように紅く燃えさかっている。自分も万民先生のあとを燃えるような志で突き進むつもりだ」と解釈することができるのでは……

そう考えてみると、万民の体格は、さくらが探している男に酷似しているように思えてならない。

総髪にして猪首《いくび》、さらに引きしまった体つきをしている。

紋四郎はいつも万民のことを博識にして人あたりのよい好人物だと褒めていたが……

さくらは喉の渇きを感じた。

たしかに、さくらの知る物静かな万民と、針之介に指示を出していた男とは、あまりにも雰囲気が違うようにも思える。

たまたま「よろず」と「万」の字が合致しただけで、それだけでは真実とは言いきれない。

紋四郎に話せば、言葉遊びだと笑われるかもしれない。

だが、さくらの心ノ臓は、ますます動悸を高めるばかりだった。

安藤万民の声と様子をもう一度よく確かめてみるのだ――さくらの心の声が強く呼びかけてくる。

そのためには、みずから足を運んで万民のいる場所におもむかねばならない。

万民がいつもいる場所といえば、縄暖簾の『十五夜』である。

紋四郎からとめられていたが、もはやじっとしてはいられなかった。

さくらは外出の支度を始めた。

「のり、あなたがどうして針之介さまの歌に難癖をつけたのか、わからないけど、大変なお手がらかも。もしそうだったら、大好物の煮つけを買ってきてあげるからね」

さくらはそう言いながら、まだ不機嫌そうにうなりつづけているのりを抱きあげて頬ずりした。

じつは、のりは額の真裏の壁の穴に潜んでいた鼠を威嚇《いかく》していたのであった。

そんなこととはつゆ知らず、さくらは勇んで紋四郎の禁を破って出かけていったのである。

三

「今日は一人かい。やっとあのインチキ絵師と手を切ってくれたんだね。さくら、相棒だかなんだか知らないけど、モンシロの旦那以外の男とちょろちょろ出歩いたりしちゃだめだよ」

さくらが『十五夜』の暖簾をくぐったとたん、さっそくお春が小言の口火を切った。

「なに言ってんの、女将さん。国芳とわたしは、ただの猫仲間よ。今日は、ひさびさにゆっくり女将さんとお話ししたいと思ってまいりました」

「あんたの難題相談は願いさげにしてほしいもんだね。まあ、いいか。モンシロの旦那と夫婦になる前は、こうして一人でやってきては四方山話《よもやまばなし》で話しこんだもんだねえ。今から思えば、あのころが懐かしいよ」

店を開けたばかりなので、まだ客は誰もいない。

板場では月次朗が仕込みに余念がなかった。

湯の沸く音がくつくつと響き、野菜を切る包丁の音が小気味よい拍子を刻んでいた。

さくらは『十五夜』に来ると、いつも気持ちが安らぐ。

今日は安藤万民が『先生』かどうか確かめるために来た。

それゆえ暖簾をくぐるまでは少なからず緊張していたが、こうしてお春のとなりに腰かけると、すぐに来訪の目的を忘れそうになるほど落ち着くことができた。

「そうそう、あんたとモンシロの旦那が初めて出会ったのも、この店だったねえ。今でもそうだけど、あんた、旦那と顔をあわせるたびに『殿さま』『殿さま』って、はしゃいじゃって……」

お春は恒例の紋四郎とさくらが結ばれるまでの想い出話を始めようとしている。

二人が夫婦になるまでの経緯《いきさつ》を面白おかしく語るのだ。

たしかにさくらと紋四郎が結ばれるまで、かなりの紆余《うよ》曲折《きょくせつ》があった。

どうやらお春は酔いどれ客相手にくりかえししゃべっているらしかった。

客がその話は前に聞いたと断っても、かまわず話すそうだ。

しかも話のなかには、さくらが恥ずかしくて耳をふさぎたくなるような内容もふくまれていた。

さくらは話題を変えようと、お春の得意とする干支占いを持ちだした。

「女将さん、わたしと殿さまの相性は干支占いだと、これ以上の組みあわせはないんでしょ」

「そうだよ。だから、なにがなんでもあんたらを一緒にしなけりゃと思ったのさ。もう、あんときゃ天命みたいに思えたね」

よほど快心の占いだったらしい。

「女将さんの干支占いはよくあたるから、占ってほしいって人が遠くからやってきますもんね。わたしも干支占いができるようになりたいなあ。人の運勢を占うことができたら、どんなに感謝されることやら」

「いいことばかりじゃないよ。人の運勢を占って最悪の結果が出ても、あんた、そのと

「そうだろ。そこが悩みどころなんだよ。占いをしたがゆえに、死ぬような目にあうことだってあるんだからね」

そう言いながら、お春は顔をしかめて首に巻いた白布に右手の指先をあてた。

その動きにさくらが気づいたのを悟ると、すっと手を引っこめて、ふたたびなにげない顔にもどった。

白布のしたには、占いにまつわる禍々《まがまが》しい過去が隠されているのかもしれない。

さくらは、思わずお春の顔をじっと見つめてしまった。

暖簾の間から垣間見えていた外の景色が、すっと暗くなった。

陽射しが分厚い雲でさえぎられたようだ。

『十五夜』のなかも暗くなり、お春の顔も薄闇に沈んだ。

暖簾がふたつに分かれて、客が一人入ってきた。

その顔を見た瞬間、さくらの全身に緊張が走る。

安藤万民だった。

さくらは万民に無言で会釈した。

おり言えるかい？」

「言えないときもあるでしょうね」

改めて観察してみると、万民は出会茶屋で後ろ姿を見かけた『先生』そっくりに見えた。

「万民先生、今日で十日連続ですね。毎日通ってくださるのはうれしいけど、ホントよくつづくもんですね」

万民は、お春の軽口に無言の笑みで応じた。

「女将さん、酒をつけてください」

渋みのある声は、薄壁を通して聞いた『先生』とよく似ていたが、口調を知るには会話が短かすぎた。

辛抱強く待っていれば、お春との会話が弾むかもしれない。

それまで待つ手もあったが、さくらは我慢できずに仕掛けることにした。

「女将さん、しばらく来なかったから、なにが美味しいか忘れちゃった」

お春にむかって甘えた声を出す。

「え？　なに言ってんだよ。あんたはいつ来ても、ひじきの白和《しらあえ》と決まってるじゃないか」

それはそうだが、あくまでも万民から会話を引きだすための方便だった。

「たまには違うものが食べたくなって。ね、お客さん、たしか安藤さまとおっしゃいましたよね。お好みの料理があれば教えていただけませんか」

さくらの意図を知らないお春が茶々を入れてきた。

「万民先生は、鰻鱺様《うなぎどうふ》って決まってるんだよ。一番のお気にいりさ」

なんとかして万民にしゃべらせたいのだが、そんなさくらの気持ちなどお春にわかるはずもなかった。

ちなみに鰻鱺様とは、板に敷いた浅草海苔のうえに、うどん粉を少量混ぜたすり豆腐を延べ広げる。

これを二寸五分四方に切り分けて胡麻油で揚げ、さらに山椒《さんしょう》醤油でつけ焼きにしたものである。

鰻の蒲焼きに似せて仕上げるため、この名となった。

すり潰す前の豆腐の絞りかげんで、口のなかに入れたときの感触が大きく違ってくる。

お春によれば、ふんわりとした口あたりに仕上げる月次朗の技は名人芸なのだそうだ。

さくらは思いどおりにならず、じりじりしていたが、幸運にも万民のほうから口を開いてくれた。

「モンシロさまのご内儀でしたな。女将さんから、お二人が夫婦になるまでのお話はよくうかがっております」

口角を持ちあげて愛想よく笑う。

だが、さくらの胸中は尋常でなかった。

声の抑揚《よくよう》といい、その口調が『先生』とぴったりと重なったからだった。

一刻も早く屋敷にもどって紋四郎にこのことを伝えねばならない。

それに、このまま『十五夜』にいると、万民がさくらの内心に気づくかもしれない。

「女将さん、ごめんなさい。今日はもう帰ります。大切な用事を忘れておりました。まだ料理の注文をしないうちでよかった」

お春の顔が渋面《じゅうめん》になった。

「なんだい、さっき来たと思ったら、もう帰るのかい。さくら、あんた、まさか万民先生と同じ空気を吸うのがいやだって言うんじゃないだろうね？」

お春は冗談のつもりで笑いながら言ったのだろうが、さくらは「頼むから、やめて」と叫びたかった。

「万民先生、けして女将さんの言うようなことではございません。本当に用事を思いだしたんです」

「アハハ、女将も人が悪い。本当かと思いましたよ」

万民は、にこやかに応えた。

人違い？　と、さくらに思わせるほどさわやかな物言いだったが、声は紛れもなく『先生』そのものだった。

さくらは挨拶もそこそこに立ちあがって店から出ようとした。

思いきるように両手で暖簾を左右にさばく。

と、そこで立ちどまらざるをえなかった。

「えっ……」

なぜならば、仙台堀で見失った背の高い女が、暖簾のむこうに立っていたからである。

女はさくらを直視したまま小首をかしげて微笑んだ。

前と同じく髪を頭頂部で団子のように結いあげ、濃紺の玉《ぎょく》と黄金色の金具を組みあわせた簪《かんざし》を挿していた。

「蝶丸《ちょうまる》、今日はどんなあんばいでしたか」

背後から、親しげに語りかける万民の声が聞こえた。

「いつもどおりでございます」

蝶丸と呼ばれた女は、答えると同時にさくらにむかって歩きだした。

「蝶丸」というからには女旅芸人なのだろうか。

「たしか仙台堀のほとりで、一度お目にかかったことがございますね」

蝶丸は念を押すように言うと微笑んだ。心が凍りつくような微笑だった。

まさか、さくらたちに気づいていたとは……

「いえ、人違いでございます。わたくしは、そんなところに行った憶えはございません」

ここは知らぬふりを通さねばならない。

認めれば、おのれの身が危うくなる気がした。

「蝶丸、おまえはモンシロさまのご内儀を知ってたんですか」

万民が柔らかな口調で訊いた。

「はい、先生から仰せつかった用を足しているときに、お見かけしたような」

万民の顔が、かすかにゆがんだように見えた。

「ほほう、そうですか。蝶丸はご内儀と会ったと言い、ご内儀は憶えがないとおっしゃる。このまま別れては、いかにもすっきりしない。ご内儀、どうでしょう。今しばらくここにとどまって、二人でお話しをされてみては。さすれば、どちらの勘違いか、はっきりするのでは」

「申し訳ございませんが、急ぎの用事がございまして」

冷や汗がにじむ。

「お急ぎとあらば、致し方ありませんな」

意外にもあっさりと引きさがった万民だが、

「昨今は、同心殺しなどという物騒な輩もうろついております。黄昏《たそがれ》までにはまだ間があるとはいえ、女の一人歩きはよろしからず。お屋敷まで蝶丸に送らせましょう」

「いいえ、一人で大丈夫ですから」

「遠慮はご無用ですよ。蝶丸と女同士、気軽に世間話でもしながらお帰りください」

万民の執拗な物言いがさくらをますます強張らせる。

『十五夜』の空気がずんと冷えこみ、なにやら怪しい気配が漂いはじめたような気がした。

「さくら、万民先生がここまでおっしゃってくださってるんだ。こういうときは、ご厚意に甘えるもんだよ」

お春にそう言われては、さくらも断りきれない。

むきになって固辞すれば、万民に不要な疑念を抱かせてしまうかもしれない。

蝶丸がさくらを誘《いざな》うようにうなずいた。

「では、お言葉に甘えさせていただきます」

そう言うと、さくらはみなに会釈して足を踏みだした。

店の外に出ると、雲が去って、ふたたびのどかな陽光が舞い踊っていた。

さくらは腹を決めるしかなかった。

四

大坂屋から屋敷にもどった紋四郎は、さくらが外出していると聞いて、紋白蝶のように儚《はかな》い髷《まげ》が逆立つほど怒った。

「あれほど、どこにも出かけてはならぬと申しつけておいたのに……みさ、さくらがどこに行ったか知っておるか」

紋四郎を迎えに出てきていたみさは、怯えた顔でうなずいた。

ふところから紙を取りだし、さらさらと字を書いて紋四郎に見せる。

『十五夜』か。さくらは一人で出かけたのか」

みさは強張った表情のまま、ふたたびうなずいた。

「どうやら女将になにか訊ねに行ったらしいな。しかし、今度という今度は許さぬ」

紋四郎が土間からあがると、みさはまだなにか言い足りなそうに、その場にとどまっている。

「どうした、まだなにかあるのか」

紋四郎が訊ねると、みさは腹に手をあてて、眉根を寄せた。

「腹が痛いのか」

みさは首を振って、紋四郎の腹を指さした。

「ははあ、それがしの腹が空いているか訊いておるのか。そういえば、たしかに腹が減っておる。なんでもよい。なにか用意してくれ」

すると、みさの顔がぱっと明るくなった。

紋四郎の手を取らんばかりにして中の間へとむかう。

襖を開いた先には膳がしつらえてあり、ふたをした黒塗りの弁当箱がのせてあった。

「ほほう、『海苔弁』と見た。さくらの奴め、それがしの言いつけにそむいて外出したことの罪滅ぼしというわけか」

紋四郎は先ほどまでの怒りを忘れたかのように微笑んだ。

『海苔弁』も『海苔丼』も、どちらも紋四郎の命名だった。

『海苔弁』とは、醤油飯のうえに揉み海苔をたっぷりと振りかけた弁当で、屋外ではなく、あえて家で食するのが紋四郎流であった。

紋四郎の機嫌がよくなったのを見て安心したのか、みさは頭をさげて出ていった。のりが、どこからともなく現れて紋四郎の足元に身をすりよせる。

「わかった、わかった。あとでたっぷりと遊んでやろう。だが、腹が減ってはなんとやらだ。まずは『海苔弁』を食べさせておくれ」

紋四郎はいそいそと膳の前に座りこんだ。

「ん？　なんだ……これは……」

海苔弁のわきに紙片が置いてあった。

取りあげてみると、針之介の遺歌を記した紙片だった。

櫨紅葉《はぜもみじ》
よろずの民の
血のごとし
散るこそ華と
我が道をゆく

紋四郎は声に出して読みあげた。「よろずの民」傍線が引いてあった。

「面妖なことをいたす。なにゆえ、このようなものを……」

さくらの意図は皆目見当がつかなかった。

ともあれ、腹が減った。

紋四郎は、腹の虫をぐうと鳴らしながら、ふたを持ちあげた。

「こ……これは……」

思わず息を呑んだ。

弁当の中身は醬油飯ではなく、白飯がつめてあり、そのうえに細く割いた海苔で「万民」の文字が描かれていた。

紋四郎の全身に衝撃が走りぬけた。

(万民は、毎日のように『十五夜』に通っておると聞く。まさか、それで……)

さくらは、紋四郎の思いもよらぬ道筋で問題の核心に鋭く迫ることがよくある。

こたびの同心殺しも、早い時期から『先生』との関わりを指摘していた。

紋四郎は、大坂屋で『先生』が安藤万民であると、幻蔵の口から聞かされたばかりだった。

さくらは、針之介の遺歌から『先生』の正体が万民ではないかと気づき、おのれの判断を確かめるために「十五夜」にむかったにちがいない。

（だとすると、さくらが危ない）

紋四郎は激しい胸騒ぎをおぼえた。

弁当のふたをもどし、みさを呼んで言いふくめる。

「それがしは、これから『十五夜』にまいる。もし留守の間にさくらがもどったら、奥の間にこもるよう伝えてくれ。それから誰が来ても、けして母屋に入れてはならぬ」

紋四郎は、脱兎《だっと》の勢いで戸口から飛びだした。

五

「さ、まいりましょう」

蝶丸は『十五夜』から出てきたさくらの手を取った。

女とは思えぬ力強さで、さくらの手首を握り、ぐいぐいと引っ張っていく。

「蝶丸さん、わたしの屋敷はそちらではありません」

「いえ、こちらでよろしいのですよ」

さくらの訴えをしりぞけて、有無を言わせず引きつれていく。

「ふたりきりでお話ししたいことがございますの」

蝶丸は前をむいたまま抑揚のとぼしい声で言った。

陽が傾き、蝶丸の美貌の顔に陰翳《いんえい》ができている。

その横顔は、思いのほか険しかった。

蝶丸は、もう逃がしはしないと言わんばかりに、さくらの手首を痛いほど握っている。

『十五夜』のある竹屋横町は人の往来がおびただしい。

蝶丸は、人通りのない小路にさくらを連れこもうとしていた。

人混みから離れたら最期かもしれない。

「痛っ」

さくらは大きな声で叫んだ。

実際、蝶丸はさくらの手首を指先が血の気を失って真っ白になるほど強く握っていた。

道行く者たちが、いっせいにさくらと蝶丸に顔をむけた。

ひるんだ蝶丸の手の力がゆるんだすきに、さくらは一気に振りほどいて蝶丸から離れた。

屋敷にむけて一目散に駆けだす。

子供のころから駆け足には自信があった。

遊び仲間と競って負けたことは一度もなかった。

「ちょっと、どこに行くのよ。お待ちなさいな」

蝶丸が優しさを装った声で叫ぶのが背後から聞こえた。

だが声とは裏腹に鬼面となってさくらを追いかけてきているにちがいなかった。

さくらは体を左右にひねって、道行く者たちの間をすりぬけながら駆けた。

「ちぇっ、なんだよう」

「おらおら、姐さん、危ねえじゃねえか」

往来する者たちと何度もぶつかりそうになった。

かなり長い間、走った気がした。

振りきれただろうと思い、後ろを振りかえったさくらは愕然《がくぜん》とした。

周りの者たちから頭ひとつ抜けた蝶丸が、三間ほどのあたりまで迫っていた。

さくらはすでに息切れして、胸が苦しいほどだった。

着物の裾が乱れ、足を前に出すたびに膝《ひざ》が露わになったが、もはやそんなことを気にしている余裕はなかった。

捕まれば、無理やりどこかへ連れていかれ、殺されるかもしれない。

さもなくば、これほどまでにしつこく追いかけてくるはずがない。

気がつけば、人のまばらな町はずれまで来ていた。

逃げるのに夢中で道筋などまるで考えていなかった。

(ここはどこ?)

そう思うと、さらなる不安が押しよせてきた。

(もういいじゃない、捕まったって……大丈夫よ、気のせいよ)

苦しさに悲鳴をあげた肉体が、そんなささやきをかけてくる。

(駄目よ、駄目っ)

さくらは、みずからを叱りつけながら走った。

だが足がもつれ、逃げだしたときと比べ、走る速さはがくんと落ちている。

ところが背後から迫る蝶丸の足音には、乱れがまったく感じられなかった。

自信に満ちた息づかいが、すぐ後ろまで迫ったような気がして、さくらは恐怖におののいた。

それでも、さくらはもがくように手を振りながら走った。

蝶丸の足音がぐんぐん近づいてくる気配に、全身を総毛立たせながら……

すでに両脚は鉛のごとく重たくなっていた。

「きゃっ」

ついに背後から肩をつかまれた。

振りほどこうとしたが、男のような力でがっちりとつかまれた肩はまるで閂《かんぬき》をかけられたようだった。

悲鳴を発して蝶丸を戸惑わせようとしたが、もはや弾む息がそれを許さない。

ぐいっと引きよせられると、逆らうこともできず、そのままがっしりと抱きしめられた。

「さくら、どうしたのだ」

聞きおぼえのある声に、さくらは目をむく。

「えっ？」

紋四郎の声だった。

蝶丸に捕らえられて頭が混乱して幻覚でも見ているのかと思った。

だが間違いなく目の前に立っているのは紋四郎だった。

周りを見渡しても蝶丸の姿は影も形もなかった。

「なにゆえ、そんなに息を切らせるまで走ってきたのだ」

「ち、蝶丸は……」

さくらは苦しい息を継ぎながら、それだけしか言えなかった。

「誰だ、その者は？」

説明するのももどかしく、さくらは先をつづけた。

「先生は、ば……ん……み……」

舌がもつれて言葉にならなかった。

「御身の言うとおり、針之介を破滅に導いたのは安藤万民だった」

「えっ……ご存じ……だったのですか……？」

「説明はあとだ。それより御身が無事でなにより」

涙ぐんだ眼で紋四郎は微笑んだ。

「殿さま……ご心配を……おかけしました」

さくらは、震えがとまらない声で詫びた。

「心配したぞ。もう危ない橋を渡るのはやめてくれ。寿命が十年縮まった気がする」

十年は大げさだが、髪の毛が数本抜けたのは間違いあるまい。

第八章　陰の謀《はかりごと》

一

灌仏会の数日後の早朝、晴れ間はあるものの、いつ崩れてもおかしくない空模様だった。

北品川歩行新宿の一角にある旅籠屋「一休《いっきゅう》」の一室で、二人の対照的な男たちがむかいあっていた。

旅籠屋「一休」は、ひと月ほど前に主とその妻が突然行方不明となり、今では空き家同然の建物であった。

町の噂では借金苦が原因で夜逃げしたと言われているが、それなりに繁盛していた旅籠屋だったので、首をかしげる者も少なくなかった。

残された飯盛女をふくむ奉公人たちは、口入屋の世話でほかの旅籠屋に移っていた。

建物は繁華街にあるにもかかわらず、がらんと静まっており、泊まる者のいない客間には、早くも廃屋特有の鼻につく異臭が漂いはじめていた。

「どうやら公儀に、わしの素性を嗅ぎつかれたようだ。しばらく姿を消すことにいたす」

安藤万民が嗄《しわが》れ声を発した。

「さようか。万民殿、おぬしが悪知恵を授けてくれたおかげで、わしは失いかけていた人生の輝きを取りもどすことができた。上さまをお護りするために手の者をつかって集めた商人どもの内密を逆手に取って、商人どもから金を巻きあげるなど、今ごろ気づくようではと笑われてもしかたないが、陰仕えの務めが、そっくりそのまま濡れ手に粟《あわ》の金儲けになるとは、夢にも思わなんだ。改めて礼を言うぞ」

そう言って軽く頭をさげたのは、ほかならぬ石川大三郎その人だった。

万民はくすっと笑った。

「おぬしにとっては、金儲けが人生の輝きか。わしにすれば噴飯ものの話だが、笑うまいぞ。人それぞれ大望は異なりますからな」

「なんとでも言うがよい。わしは早急に紋四郎に家督を弟に譲らせ、陰仕えの務めのすべてをこのわが手で仕切る所存。さすれば、もはや恐れるものはなにもない。思う存分金儲けに打ちこめるというもの」

声をあわせて笑うこの二人、意外にも気があう様子。

かたや怪人まがいの異形の小男、かたや仁王さながらの偉丈夫ながら、外見も性格も考え方もまるで正反対ゆえ、かえって意気投合するものがあるようだった。

ついこのあいだまで幻蔵をふくめて、この二人の関わりを知る者は誰もいなかった。幻蔵は、手の者をつかって松本針之介の身辺を洗っているうちにようやく安藤万民にたどりついたものの、まだ万民と大三郎の関わりを探っている最中だった。大三郎の屋敷に内偵としてもぐりこんでいた剣死郎は、そこで同心殺しの男を見かけたものの、まだ万民との関わりにはたどりついていなかった。

さくらはといえば、八ッ山の頂上にて夫の幼なじみである針之介から紋四郎の正体を告げられたものの、あまりにも深き闇に関わる事柄ゆえ、その旺盛な好奇心にもかかわらず、見ざる聞かざる言わざるを極《き》めこみ、挙げ句の果ては「よろず難題相談所」なる逃げ道をこしらえて、そちらに血道をあげる始末。

人という生き物は、戯れに好奇心に身をまかせることはあっても、直視しなければならない物事から、あえて目をそらすこともままあるようだ。

ただし、さくらは独自の思案のすえ、同心殺しの黒幕を万民と見ぬいていた。

だが、まだ誰も万民と大三郎の結びつきを知るまでにはいたっていない。

この二人、まったく交わることのない人生の道を歩んできたはずであったが、大三郎の手下の者が、紋四郎に探りをいれているうちに縄暖簾『十五夜』にて万民に遭遇し、そのことを大三郎に報告したのが二人のつきあいの始まりであった。

万民がそろいのよい歯を見せながら言った。

「大三郎殿。じつはこたび、これまでとは比べものにならぬ大物の取引先が現れてな。しかも、札差の弱みを握って金子を強請るような下衆《げす》の金儲けなどではない。おぬしがこれまでに集めてきた各藩の内情を正々堂々と売りつけるのだ」

「面白い。詳しく聞かせてくれ」

「薩摩の島津家が、おぬしが手にいれた各藩の内情を、丸ごと買いとりたいと申しでてきたのじゃ。もちろん薩摩藩の内情もふくめてな」

薩摩藩は、三十四年前に隠居した元藩主の島津重豪《しげひで》がいまだに藩政の実権を握っていた。

重豪の藩の内外にわたる情報収集力は幕府に迫るものがあった。

「大三郎殿もご存じのとおり、重豪の代になってからの島津家は、娘を将軍の正室にするなど政略婚を積極的に押し進めるとともに、有力な大名家に養子を送りこむことで、公儀も一目置かざるをえないほどの権勢を保持しておる」

「なるほど、なるほど。相手方の内情をしっかりつかんだうえでなければ政略婚など進めるのは難しい」

「そのとおり」

万民は満足そうに何度もうなずいた。

「大三郎殿がつかんでおられる各藩の内情は、その意味でも島津家が喉から手が出るほど欲しいものなのだ」

「本来ならば、上さまにお伝えするべき各藩の内情を島津に売りつけるというわけか。しかし、正々堂々とは笑止千万。これは謀反じゃ。まさに公儀に対する謀反じゃ。正々堂々どころか、とんだ卑劣漢の所業ではないか」

「大三郎殿は、その卑劣漢の所業なるものこそ、金儲けの極意と見ぬいておられると拝察しておるのだが、いかがかな」

「はは、さすが万民殿。仰せのとおり、金子の重みは、なにものにも代えがたし。もちろん公儀にもな。ただし、すべては支払われる金子の重みしだい」

そこで二人は同時に意味深なふくみ笑いをかわしあった。

「島津側から、もうひとつ提案が出ておる。わしは一考に値すると思っておるのだが」

万民は眼を細めてふたたび語りだした。

見ようによっては、人柄のよさを体現しているようにも見える目尻のしわだが、今はなみなみならぬ狡猾さの証《あかし》に思えた。

「おぬしとおぬしの手足となって働く者たちを、まとめて召し抱えたいと言うのだ。これまでに集めた幕閣や大名、商人どもの内情もさることながら、それらを探りだす力を高く評価しておるらしい」

大三郎が、万民に負けず劣らぬ狡猾な笑みを浮かべた。

「わしを召し抱えるとなれば、少々の禄ではすまぬぞ。この石川大三郎、ご先祖箇三寺(石川数正)さまの血をひく、戦国の世に生まれておれば、一国一城の主となってしかるべき器。そこを島津はわかっておるのであろうな」

「言わずもがな。さらにご子息の光之進殿にも、それなりの任官を用意してある」

大三郎には明かすつもりはないが、万民が島津家にこだわるのは、将来、幕府転覆の旗頭となるやもしれぬことを予想していたからであった。

島津家と浅からぬつながりを持つことは、万民自身が本格的に世直しに動きだしたとき、後ろ盾となってくれる可能性を意味していた。

「悪くない話だが、わしは今しばらくは陰仕えの立場で金儲けがしたい。このうま味を知ってしまった以上、もはやそう容易くはやめられぬ。すまんが、島津との話は、わしが陰仕えの務めをできなくなるまで待ってほしい。万民殿にはその間に、われらが召し抱えられた暁《あかつき》の禄をできるかぎり吊りあげておいてほしいものだ」

大三郎の強欲には限度というものがないようだった。

万民は、さらりと話題を変えた。

「それにしても不思議なものだな。わしは世直し、大三郎殿は金儲け。われらの志はまったく異なるにもかかわらず、こうして結託し、事をなそうとしておるとは」

「なにをおっしゃる。不思議でもなんでもない。手段は目的を選ばぬというわけじゃ。おたがい悪人同士、たとえ意見を異にしようとも、おのおのの志のために必要とあらば、手を結ぶは必定《ひつじょう》」

「これはまた、ずいぶんはっきりとおっしゃいましたな。しかも、民のため命がけで世直しをせんとするわしを悪人呼ばわりするとは」

憤慨の弁を述べているわりには、万民の目は笑っていた。

「同心殺しなぞをくりかえし、公儀の権威を失墜させんとする者を悪人と言わずして、なんと呼ぼう。この旅籠屋の主夫婦とて怪しいものだ。わしは万民殿が手の者に命じて消しさったと思うておるが。手ごろな隠れ家を得るためにな」

「ふふ、生臭い話はそこまでということにして、いずれにしても、われらは信の一字の絆によって結ばれた、持ちつ持たれつの同志」

二人は顔を見あわせて声にならぬ不気味な笑いをかわしあった。

居住まいを正した大三郎が宣言した。

「万民殿、先ほども申したとおり、わしは家督交代を急ぐつもりじゃ。いつまでも悠長なことは言っておられぬ。心を決めました。近日中に紋四郎には腹を切らせ、家督を次男の光之進につがせます。さすれば……」

「さすれば？」

「次男は孝行息子ゆえ、万事滞りなく進みましょうぞ」

そう言うと大三郎は、ふたたび不気味な笑みを浮かべた。

二

「それでは出かけてまいる」

紋四郎はそう言うと、迷いなどないように、さくらに背をむけた。

いつものように、どこへ行くとも告げずに出ていった。

さくらは声をかけようとしたが、口に出すことができなかった。

心なしか紋四郎は、さくらと目をあわせることを避けているような気がした。

この日、紋四郎の後ろ姿を見送りながら、さくらは胸騒ぎのようなものを感じた。

紋四郎は針之介の虎徹を帯刀して出かけたが、先日、研ぎ師が届けてくれたときの紋四郎の表情が気になっていた。

全然うれしそうではなかったからである。

なぜだろう――

あれやこれや、なにを考えても気持ちが落ちつかず、何度も鏡台にむかって赤珊瑚の玉簪を丸髷に挿しなおしたりした。

ため息をつきながら、読みかけの『源氏物語』に手を伸ばしても、いっこうに頭に入ってこなかった。

紋四郎から外出はかたく禁じられているものの、そのことを思いだしただけで、さくらの心は揺れ動きはじめた。

気がついたときには出かける支度を始めていた。

みさの制止も聞かず門を出ると、さくらは一目散に縄暖簾の『十五夜』をめざした。

お春から安藤万民のことで、なにか役立ちそうなことを聞きだそうと思ったのである。

門を出たあと、棒手振《ぼてふり》の身なりをした怪しき者がさくらのあとをさりげなく尾けはじめたことなど、心を波立たせていたさくらは、まったく気づかなかった。

三

その日、紋四郎は大三郎の屋敷にむかっていた。

陰仕えのすべての務めを譲りわたすよう、大三郎に談判するつもりだった。

そうしなければ、陰仕えの道からはずれた行ないをやめさせることはできないだろう。

当然ながら大三郎は、おのれの過ちを認めず、紋四郎の説得も拒もうとするはずだ。

それどころか、私欲のために隠蔽《いんぺい》していたことを紋四郎に指摘され、激しく反発するかもしれない。

「いやな天気だ……」

紋四郎は空を見あげてつぶやいた。

薄黒い雲の動きが速く、天候の乱れる予兆は明白であった。

初夏は移ろいやすい季節であるゆえ、寒暖や雨風の変化がめまぐるしい。温かくなったかと思えば、底冷えのする朝が突然訪れたりする。のどかな陽気が翌日、一変して大荒れになることも珍しくない。

近年この時期は、激しい風雨に見舞われることがままあった。

文政に入ってのち、洪水にまでいたった年はないが、それ以前の文化年間十四年の間に、江戸は六度もの大雨による洪水に見舞われていた。しかも六度のうち二度は初夏に起こっていた。

今日のような雨も風もない空模様は、かえって嵐の前の静けさを思わせる。

大三郎とのやりとりも大荒れにならなければよいが――

冠木門をくぐったところで庭を掃除していた新参者の下男に大三郎の所在を問うと、いつもの奥座敷にはおらず、稽古場にいるという。

「やあっ」

「とうっ」

稽古場に入ると、へっぴり腰の光之進が甲高いかけ声とともに木剣を振りまわして大三郎に挑んでいた。

「光之進、そうではない。そこでしっかり踏みこまねば相手は斬れぬぞ」

「はい、もう一本願います」

光之進に対する大三郎の叱咤《しった》には溺愛《できあい》する次男への深い愛情がうかがわれた。

紋四郎も十歳のおり平山行蔵の門下生になるまでは、大三郎から武術の手ほどきを受けていた。

父親に稽古をつけてもらいながら、それなりに託された期待の大きさを感じとっていたものである。

紋四郎が五歳のおり、弟の光之進が生まれた。

生まれたときから光之進は病弱で、麻疹《はしか》など生死に関わる病に罹《か》かったりもした。

それでも紋四郎が陰仕えを継いだころには、光之進は病に伏すことが少なくなった。

顔色もしだいによくなったのである。

それと同時に大三郎はますます光之進を溺愛するようになり、なぜか紋四郎には冷たい仕打ちをくりかえすようになった。

大三郎と光之進の稽古をひさびさに目のあたりにして、紋四郎はかつて幾度となく味わった父親の冷たい仕打ちを思いだして、やりきれない気持ちにならざるをえなかった。

「待て」

大三郎は紋四郎を横目で見ながら、光之進に稽古の終了を告げた。

あたかもこの稽古の終わりを待ちわびていたかのように、強風がびゅうっと音をたてて格子窓から吹きこんできた。

じっとりとした湿り気をはらんだ風は、降雨が近いことを知らせていた。

溺愛する息子相手とはいえ、いや、だからこそ大三郎のつける稽古は厳しかった。

光之進は汗だくとなり、激しく息を弾ませていた。

かたや大三郎は汗ひとつかいておらず、その呼吸に乱れもなかった。

大三郎は板の間の中央で、紋四郎とむかいあうように座した。

光之進は壁ぎわに座し、真横から二人の様子をうかがっている。

「ちょうどよいところに来た。おまえに話がある」

大三郎は紋四郎の挨拶を待たずロを開いた。

用件があるのは紋四郎も同じだったが、出はなをくじかれた格好となった。

ぽつり、ぽつりと雨滴が落ちはじめる音が聞こえてくる。

「なんでございましょう」

大三郎は黒々とした太い眉をぐいっと持ちあげ、紋四郎に挑みかかるような表情となった。

「おまえに隠居を命じる。覚悟はできておるな」

格子窓のむこうの雨空がぴかっと光り、ややあってから遠雷が長々と響いた。

紋四郎にとっては青天《せいてん》の霹靂《へきれき》としか言いようのない言葉だった。

「かねがね伝えてあるように、即刻、隠居の支度をせよ」

「いきなり、なにをおっしゃいます。それがしの髷はまだ健在でございます」

「健在とは笑止千万。わかっておろうが、おまえの髷は、もはや風前の灯火。結えなくなるまで、さほど間はなかろう。まさか君側《くんそく》の奸《かん》、明智光秀のごとく、すでに髱《かもじ》をつかっておるのではあるまいな。なあ紋四郎、よくよく考えてもみよ。石川家の当主は髷が結えなくなったから隠居した、と世間で噂されるのだぞ。それではあまりにも情けないではないか。末代まで物笑いの種だ。むしろこのさい、いさぎよく髷が結えなくなる前に当主の座を降りるのが、まことの武士《もののふ》のあるべき姿とは思わぬか」

これまでどおり今日も、なにかしら無理難題を押しつけられることは覚悟していたが、まさか即刻の隠居を迫られるとは思いもよらず、紋四郎は動揺していた。

「つい先日、それがしの髷が結えなくなったら隠居せよ、と仰せになったばかりではありませんか。このとおり紋四郎、まだ髷を結えますぞ」

紋四郎は頭をさげて髷を見せたが、大三郎は鼻でせせら笑うばかりであった。

「少々事情が変わってな」

「どう事情が変わったのでございますか」

紋四郎は不敵に嘲笑う大三郎の顔を凝視した。

どこからともなく川のせせらぎを思わせる、さらさらとした雨音が聞こえてきた。

いよいよ本格的に雨が降りはじめたようだ。

「おまえとさくらの間には、夫婦になって四年も経つのに子がない。わしも老いた。この命、あと何年残っておることやら。それゆえ、もはや待てぬ。光之進には今年のうちに妻《めと》を娶らせることにした。間違いなくおまえより光之進のほうが精が強い。それは髪を見れば明白じゃ。石川家の行くすえを思えば、当主は光之進のほうが、おまえよりふさわしいとは思わぬか」

そう言って大三郎は、射ぬくような鋭い視線を投げかけた。

横目で光之進の顔をうかがうと、なにゆえかだらしなく顔を崩している。

「子づくりにも精進いたしますゆえ、どうか今しばらくのご猶予を。妻さくらは必ずやたくましき子を産んでくれましょうぞ」

紋四郎がつけ加えると、大三郎はこれ見よがしに顔をしかめて首を横に振った。

「聞き苦しいぞ、紋四郎。おまえに恥をかかすまいと遠まわしに言っておる親心がわからぬか。子ができぬは、おまえが原因ぞ。古来、髪の衰えは武の衰えに通じると申すではないか。せんだっても、陰仕えの仕置き、危うく仕損じるところであったと聞きおよんでおるぞ」

雨音が一瞬途切れ、強風がごぉっと音をたてて吹きすさんだ。

そのあと雨足がさらに強まって、乱れ太鼓のように屋根を叩いている。

大三郎はわけ知り顔で、鎌田勘九郎の件を持ちだしてきた。

「あれは、ちょっとした手違いにて。二度とあのような不始末はくりかえしませぬ」

「なにが手違いじゃ。まだ肩の傷が癒えておらぬゆえ、苦戦を強いられたと聞いておる。おまえが辻斬りに襲われたのは、もうずいぶん前のこと。なのに、いまだに傷が癒えぬとは、どうしたことなのだ。もはや元の体にもどるのは無理なのではないか」

紋四郎は鋭い指摘にどきりとした。

どこから仕入れたのか、大三郎は恐ろしいほど紋四郎の動向に詳しかった。

紋四郎は歯ぎしりしながら板の間を凝視する。

「日を追うごとに傷は癒えております。心配ご無用」

紋四郎の弁解など、大三郎の耳には入らぬらしい。

「今から思えば、おまえが床に伏しておる間にこそ、光之進に譲らせておけばよかった。一生の不覚じゃ」

光之進が、さもありなんと言わんばかりにうなずいている。

ふと紋四郎は違和感をおぼえた。

陰仕えは一子相伝の内密の儀。大三郎と紋四郎の二人だけで話しあうべきではないか。

「お待ちくださいませ。光之進がおりますれば、陰仕えの儀、これ以上はお控えくださいませ」

「その必要あらず。光之進には、おまえの跡を継がすべく、すでに陰仕えのすべての務めを伝えてある」

紋四郎は絶句した。

大三郎にしてみれば、紋四郎から光之進への禅譲《ぜんじょう》は、すでに決まり事なのだ。

雷鳴に先立つ稲光が、幾度となく格子窓から射しこんでくる。

遠雷がごろごろと鳴っている。

このままでは大三郎に主導権を奪われたままだ。

紋四郎は強引に転換をはかった。

「それがしにも、ぜひとも父上に問いただしたき儀がございます」

「おまえの見当はずれな話には辟易《へきえき》しておる。もはや聞く耳、持ちあわせぬ」

「そうはいきませぬ。この屋敷に同心殺しの下手人が出入りしているという噂、それがしの耳に入っております」

「なにを血迷うたことをぬかしておるのか。どうやら、また幻蔵にたぶらかされたようだな」

予期していたとおり、大三郎はしらばっくれた。

紋四郎は鎌をかけてみることにした。

「同心殺しの現場に居合わせ、下手人の顔をしかと見た者の証言です」

「ほほう、とんだ妄言《もうげん》をふれまわる者がおるものだ。おまえの周りにはロクな者がおらんようだな」

大三郎は薄ら笑いを浮かべて、うそぶいた。

ひゅっと音をたてて風が吹き、雨足を踊らす。

雨滴が稽古場の外壁にぶつかり、ばらばらと乾いた音を響かせた。

「では、あくまでも同心殺しの下手人との関わりはないと言いはるのですね」

紋四郎は声を低めて確かめる。

「当たり前だ」

大三郎は鼻をふんと鳴らして言い捨てた。

「じつは、それがしもその同心殺しの現場に居合わせていたのでございます。下手人の顔も見ました。そうまでおっしゃるならば、この屋敷に出入りする者を確かめたく存じますが、よろしいですね」

「戯れ言がすぎるぞ、紋四郎。やはり、わしの恐れていたとおりじゃ。おまえは、すでに乱心しておる。もはや陰仕えの務めなど無理じゃ。隠居して心の病を治すのじゃ」

今度はその手か――

相手の攻めを転じて逆に攻めかえすのは、剣術同様、大三郎の得意技であった。

「父上、同心殺しの儀だけではありません。陰仕えのもうひとつの務めやらを、おのれに利するため濫用しておることも、それがしの耳に入っております。いずれの儀も言語道断。すべてをそれがしに譲り、父上は陰仕えから手を引かれよ」

「どうやら、わしとおまえは永久に相容れぬようだな」

懸命に説得を試みたつもりだったが、大三郎はまったく意に介していなかった。

それどころか、今度は紋四郎の肩の傷を責めたててきた。

「その肩では、もはや陰仕えの仕置きは無理ではないのか。どうだ、図星じゃろう」

大三郎は目を細めながら唇をゆがめ、ニヤリと嗤った。

なにか魂胆がある――

紋四郎は息をつめて大三郎の次の言葉を待つ。

まばゆい稲光がつづけざま稽古場を斜めに横切った。

「おまえも知ってのとおり、わしは何事もこの眼で確かめねば得心できぬたちでな。力が衰えていないと、そこまで言い張るならば、わしと組試合して証してみせよ」

地響きをともなう雷鳴が轟いた。

稽古場全体がびりびりと震えている。

以前、大三郎と組試合をした者がいたが、激しい打ちあいのすえ、とてもかなわぬと観念して「まいりました」と頭をさげた。

ところが大三郎はかまわずその者を木剣で叩きのめし、半殺しにしてしまった。

それが大三郎の流儀というわけである。

紋四郎の力を見極めるとはただの口実で、大三郎はみずからの手で紋四郎を半身不随にして当主の座から引きずりおろそうとしているのだ。

はからずも大三郎の眼の色が薄らぎ、底寒い透明感を帯びてきている。

蜥蜴のように無表情な眼だ。

大三郎が狂気に駆られたときに見せる眼だった。

大三郎との組試合にのぞむ以上、死を覚悟せねばならぬ。

かたや今の紋四郎は肩の痛みがいつ再発してもおかしくはない。

されど、受けて立つほかなさそうだった。

もしも申し出を断れば、大三郎はその場で隠居やむなしと宣告するであろう。

逆に、大三郎に勝てば、不当な言いがかりを却下させることができるかもしれない。

紋四郎は無言のまま立ちあがり、壁ぎわの刀掛けにむかった。

木剣を手に取るや振りかえって大三郎を直視した。

「組試合、お受け申す」

風がぐおっと吹き乱れる。

大三郎の前に立って正眼に構え、「いざ」と叫んだ。

「ほう、いつものように尻尾を丸めて逃げだすかと思いきや、やると申すか。よい心がけじゃ。だが、これを見ても、わしと戦えるかな」

大三郎は座したままそう言うと、ふところから紋四郎も見憶えのある品を取りだした。

まぎれもなく、さくらの赤珊瑚の玉簪だった。

紋四郎は腹の底から怒りが沸《わ》きあがるのをおぼえたが、かろうじてこらえた。

静まりかえった稽古場を不穏な空気が満たした。

風雨までが息をひそめ、次に起こることを見守っているようであった。

四

「ま、まさか、さくらを……」

強風にあおられた庭の木々が激しく揺れ、怒濤《どとう》を思わせる音をたてている。

さくらの玉簪を手にした大三郎は言い聞かせるように口を開いた。

「この玉簪がどうしてここにあるか、わかるな。さくらの身柄は、わしがあずかっておる」

「なんと……」

どこまで卑劣な男なのだ。

組試合など最初からする気はなかったのだ。

徹底的に紋四郎の心をかき乱すことが目的だったにちがいない。

万事休す——

さくらを人質にとられては、もはやなす術がなかった。

雷鳴がふたたび鳴りはじめる。

重く低い響きがやむことなくつづく。

どう考えても、紋四郎は大三郎に屈するしかなかった。

「父上、仰せのとおり当主の座、光之進に譲りわたします。それゆえ、どうかさくらをお返しください」

紋四郎は頭をさげざるをえなかった。

「最初から素直にしたがえばよいものを。無用な手間をとらせる奴じゃ」

思いどおりの結果を得、大三郎は満足そうにうなずいた。

だが、どういうわけか蜥蜴を連想させる冷酷な眼の色はそのままだ。

ざわめく紋四郎の胸中を探るように、大三郎は陰険な笑みを浮かべた。

「紋四郎、おまえはわしが勧めた隠居を一度は断ったはず。武士たる者、ひとたび口にしたおのれの言葉をそうやすやすと翻《ひるがえ》してよいものか」

大三郎はおかしなことを言いだした。

無理やり紋四郎の口から隠居の決意を引きだしたうえに、今度は翻意の不始末を問いただしてきているのだ。

「父上のおっしゃることがわかりませぬ」

「どこまでも愚かな奴め。武士らしく、けじめをつけよと申しておるのだ」

「けじめ？」

突然、鋭い稲光が稽古場のなかを走りぬけた。

大三郎の全身が、まぶしいほどの白光に包まれた。

大三郎はあくまでも無表情だった。

「ここで腹を切れ」

ふたたび地響きを思わせる雷鳴が鳴りわたり、稽古場全体がびりびりと震えた。

「なんと……」

光之進が膝を叩いて感心している。

あたかも「そういう策だったのですか、父上。お見事です」と言わんばかりであった。

紋四郎は童のころから光之進を可愛がってきたつもりだ。

幼い光之進も紋四郎によくなついて、甘えたりもした。

それが今では……

大三郎からなにを吹きこまれたか知らぬが、紋四郎が当主となってからは態度ががらりと変わった。

敵意すらむけられている気がしていた。

「さもなくば、紋四郎。おまえの利き腕である右腕をここで斬り落とせ」

「な、なんと……」

「いったん隠居を断っておきながら、今度は隠居するという。なんという身勝手さ。なんというあさましさ。おまえの弁はころころと変わり、あてにならぬ。いつまた当主の座を欲するやもしれぬ。そうなれば、せっかく落ちついた石川家をふたたび乱すことになる。そうならぬよう利き腕をわしにさしだすのだ」

とうてい受けいれられる申し出ではなかった。

「さくらのことを思えば、やはり切腹がよかろう。ままならぬ体になったおまえの面倒をみて暮らさねばならぬのは、いかにも不憫《ふびん》」

大三郎は視線を光之進にめぐらせた。

「光之進は、さくらを妻にしてもよいと言っておる。おまえの喪が明けたら、わしは光之進にさくらを娶らせようと思う。おまえとは子をなせなかったが、光之進ならば、見事に子を孕《はら》ませてみせようぞ」

大三郎は、紋四郎の心をえぐるような物言いをした。

横殴りの雨風が吹きこんできて、紋四郎の頬を冷たく濡らした。

「くっ……」

紋四郎はおのれの拳を骨が鳴るほど強く握りしめた。

言いがかりとしか思えない理不尽を押しつけられ、みずから命を断った挙げ句、妻を弟に奪われ、子まで孕ませられるとは……

どうしたものか――

紋四郎は眼をきつく閉じたまま思いあぐねた。

「紋四郎、この父の慈愛がわからぬか。おまえは武士としてあるまじき行ないをした。言語道断の親不孝をくりかえした。それらをすべて許し、おまえに名誉ある死をあたえてやろうというのだ。このせつなる親の気持ち、わからぬわけではあるまい」

労りの言葉を装いながら、紋四郎から逃げ場を奪い、確実に自死に追いこむ弁にほかならなかった。

「わかりました」

紋四郎は自刃を決意した。

漆黒の夜空から滝のような雨が降り落ちていた。

飛沫《ひまつ》が霧となって格子窓から流れこんでくる。

「ならば、切腹の場をしつらえさせていただきとうございます」

切腹には作法がある。

だが、それすらも大三郎は許さなかった。

「ならぬ。いったんこの場を離れたら、おまえのことだ、いつ気が変わるやもしれぬ。

今ここで腹を切れ」

切腹の作法すらままならぬと言うのか……

さらに大三郎は顔色ひとつ変えずに告げた。

「わしはこれより大切な用事があるので、おまえの切腹の立ちあいは光之進にゆだねる。光之進、石川家の家督を引きつぐ者として、しかと兄の最期を見とどけるのだ」

光之進が神妙な顔つきで頭をさげた。

「ち、父上……」

紋四郎とて武士の子、恨みある父親ではあるが、せめておのれの最期は見とどけてほしかった。

ところが大三郎は、それすら拒絶したのである。

もはや、なんの言葉もなかった。

苦悶する紋四郎の気持ちなどまったく忖度《そんたく》せず、大三郎はおもむろに立ちあがった。

慈愛が聞いてあきれる——

光之進が、のっぺりした顔をひきつらせて口を開いた。

「切腹の立ちあい、この光之進がしかと承りました。兄者、ご安心めされ」

紋四郎は憤怒のあまり唇を嚙み切りそうになる。

「くそっ……」

もはや逃げ場はない。

着物を左右にさばいて腹をむきだしにすると、脇差《わきざし》を手にした。

光之進は、つかつかと紋四郎の背後に歩みよってきて、抜刀するや上段に構えた。

「しからば、介錯《かいしゃく》つかまつる。いつでも腹をめされよ」

紋四郎はいよいよ覚悟しなければならなかった。

さくらの悲しげな顔が目に浮かぶ。

そういえば、のりはどうしておるかな……

今まさに、おのれの命を断とうとするときになって、紋四郎は場違いな想いに囚われていた。

「いざ」

かけ声とともに紋四郎は脇差の剣先を腹にあてがった。

五

天の底が抜けたかのような豪雨だった。
吹きつける強風が雨を巻きこみ、凄まじい音をたてている。
雷鳴がつづけざまに鳴り響き、数えきれぬほどの閃光が稽古場に疾《はし》った。
スコン
小気味いい音がして、光之進の「うおっ」という獣のような叫び声があがった。
どうした——
紋四郎は脇差を握りしめた手をとめた。
剣先はまだ腹を突いてはいなかった。
振りかえると、光之進が口から泡を噴いて倒れていた。
その後ろに、木剣を手にしたさくらが鬼神のごとき形相で突っ立っていた。
「なんとか間にあったようですね……」
はあはあと息を弾ませながら、さくらはつぶやいた。
渾身の力で木剣を光之進の頭に振りおろしたようだった。
虚を衝《つ》いたとはいえ、一撃のもとに打ちのめすとは大したものだ。
「詳しい事情はわかりませぬが、下男らしき男が縄をほどいてくれたのです」
全身全霊を傾けての一撃は、さくらの心身を一気に消耗させたらしい。

その場にへなへなと座りこんでしまった。

紋四郎は脇差を置いて素早くにじりより、さくらの肩を抱きとめる。

さくらはかろうじて姿勢をたもっていた。

紋四郎に肩を抱かれ、さくらは心地よさそうに微笑んだ。

命がけでおのれを助けてくれたさくらの心根がうれしかった。

「かたじけない。されど武士の約束ゆえ、それがしは腹を切らねばならない」

「なにをおっしゃいますか。考えなおしてください。殿さまは、さくらをこの世に残してお独りであの世に行かれるとおっしゃるのですか。夫婦になったとき、なにが起ころうとも支えになってくださるとお約束されたのは嘘だったのですか。われらは永遠《とわ》にふたりぼっちとおっしゃって」

（ふたりぼっち……）

「ひとりぼっち」を文字《モジ》った紋四郎の造語だった。

たしかに夫婦になってくれとさくらに頭をさげたとき、そんな約束をしたおぼえがあった。

今が、まさにそのときなのかもしれなかった。

女は、男にはとうていおよばぬ底力を持っている。

（そうだ。それがしは、さくらをこの屋敷から逃がさねばならない。そのあとで腹を切ればよい……）

「わかった、御身の言うとおりだ。歩けるか？」

顔を近づけて問うと、さくらは涙を浮かべたまま微笑んだ。

紋四郎は我知らず、さくらを抱きしめていた。

（……いかにも、われらは永遠にふたりぼっち……）

外に目をやれば、雨足はさらに激しくなっていた。

「では、まいるぞ」

「はい」

紋四郎は大小を腰に落とすと、さくらの手を取って走りだした。

稽古場の戸口に一人の女が姿を現した。

「あ、あなたは……蝶丸」

さくらが叫ぶ。

蝶丸は似顔絵そっくりに団子のような髷を結い、桜吹雪の着流しを着て女のなりをしていたが、顔だちは同心殺しの男そのものだった。

蝶丸という名のこの男は、万民とも大三郎ともつながりがあるのか。

そう考えた瞬間、紋四郎の脳裏に大三郎と安藤万民が手を結んだ悪しき企みが朧ろげながら浮かびあがってきた。

（もしや……）

「ふふ、あんたも往生ぎわが悪いねえ。死ぬと誓ったくせに、女房に助けられたとたん、心変わりかい。これだからお侍さんは信用できないんだよ」

蝶丸は二人を通すつもりは毛頭ないらしい。

全身に闘気を漂わせている。

早くここを脱出しなければ、すべてが手遅れになってしまう。

気絶している光之進以外、今この屋敷に大三郎の手の者がどれほどいるのかも把握できていない。

「おなごとはいえ、邪魔だてするなら、斬る」

紋四郎は身構えたが、蝶丸はそれをせせら笑った。

「あんたが、あたしを斬るってのかい。面白い冗談じゃないか」

「さくら、離れよ」

紋四郎はさくらを後ろにさがらせた。

柄に手を運び、鯉口を切った。

蝶丸はにやにやと笑いながら、両手を広げたまま近づいてくる。

「ほらこのとおり、あたしはなにも持ってないよ。お侍さん、あたしを斬れるかしら」

これ見よがしに近づいてくる蝶丸が居合の間合に入った。

むん――

乾坤一擲《けんこんいってき》、紋四郎の居合が蝶丸を一刀両断するはずだった。

だが、その寸前に蝶丸は紋四郎のふところに飛びこんできて、右手で柄の先をぐっと押さえつけていた。

そのため紋四郎は刀を抜くことができなかった。

「な、なんと……」

抜刀の頃合を完全に読みきっていたとしか言いようがない。

冷たいものが背筋に流れた。

蝶丸は無刀取りするや、素早く鎧徹しを放ってきた。

紋四郎は、さっと横に跳んだ。

蝶丸の放った拳が空を打ち、桜吹雪の小袖が音をたててはためく。

「上手いこと避《よ》けたじゃないか。だけど、これは序の口だからね」

蝶丸はするすると帯を解いた。

はらりと帯が落ち、着流しを脱ぎ捨てると、鋼のような肉体が現れた。

蝶丸がゆっくりと頭頂部の団子髷から簪《かんざし》を引きぬくと、ほどかれた髪が、ふわりと顔の左右に流れた。

「これで存分に闘える。覚悟しな」

褌《ふんどし》一丁となったその姿は阿修羅のように神々しかった。

「おぬしは……男なのか、女なのか……」

「ほほ、あたしはれっきとした男さ」

紋四郎は、このやりとりの最中に別のことも考えていた。

(あれは偶然だったのか……まさに刀を抜き放たんとした寸前に、蝶丸は柄先を押さえこんでしまった。蝶丸には、それがしの動きがお見通しなのか……)

蝶丸が、紋四郎の心の声を聞きとったがごとく言い放った。

「いくら考えたって、あんたに勝ち目はないよ。あたしの体にふれることさえできないよ」

蝶丸は勝ち誇るように嗤った。

だが、蝶丸を倒さねば、さくらを助けられない。

真正面から闘うしか道はなかった。

紋四郎は観念して偽の虎徹をすらりと抜き放った。

居合を捨てて、勝負に挑んだのだった。

「ほほ、抜いたって同じさ」

蝶丸は紋四郎の決断を愚か者を見くだすようにせせら笑った。

そのとき――

紋四郎の視界にひと筋の金属の光がよぎった。

蝶丸は横に跳びのき、光を放っていた物を掌ではたき落とす。

棒手裏剣が鋭い刃先を光らせて床に転がった。

つづけて二投、三投と棒手裏剣が蝶丸に投げつけられ、稽古場の戸口から男の影が飛びこんできた。

影は棒手裏剣をもう一投すると、紋四郎たちの前に立ちはだかった。

下男姿の男が叫ぶ。

「二人とも、早く逃げろ」

聞き憶えのある剣死郎の声だった。

紋四郎は啞然として声も出ない。

以前、下男の剣死郎と口をかわしたときは、まったく見破ることができなかった。

さくらの縄をほどいてくれたのも剣死郎だったのだ。

「変装なんて、忍びにとってお手のものさ」

剣死郎が大三郎の屋敷の内情に通じていた理由がやっとわかった。

「紋四郎、ここは俺にまかせて早く逃げるんだ」

「だが、それでは……」

紋四郎が逡巡していると、蝶丸が剣死郎にむかって拳を持ちあげて半身の構えをとった。

「とんだ邪魔が入ったね。しょうがない。手裏剣小僧から片づけてやるよ」

剣死郎も蝶丸にむかって両手に棒手裏剣を握りしめて身構えた。

「さあ、早く行け」

微笑む剣死郎に、紋四郎は頭をさげた。

「兄者、すまん」

光之進はと見ると、相変わらず気を失ったまま板の間にあおむけになっている。

紋四郎はさくらの手を取って稽古場を出た。

六

外に出ると、雨が凄まじい勢いで降りしきっていた。

「さくら、大丈夫か」

「大丈夫です。殿さまこそ大丈夫ですか」

そんなさくらの気丈な返事に紋四郎は苦笑した。

抱きよせると、さくらの体は冷たかった。

紋四郎は力をこめて抱きしめ、おのれの体温を分けあたえようとした。

風が渦巻くように吹き荒れ、雨足がばらばらと乱れた。

紋四郎たちは、頭から水を浴びせかけられたようにずぶ濡れとなった。

いくら掌で濡れた顔をぬぐっても雨は容赦なく降りかかってきた。

「縄をほどいてくださった方を兄者と呼んでましたね」

「生き別れた兄の剣死郎だ。まさか兄者が御身を救ってくれるとは」

「わたしには、なにもおっしゃいませんでしたが」

そう言ってさくらは紋四郎の胸倉に頰ずりした。

雷は遠ざかりつつあったが、雨足は激しくなるばかりだった。

足元が泥々になり、草履の底に土塊《つちくれ》が貼りついて、ずしりと重たかった。

紋四郎はさくらの草履を脱がせた。

草履の泥を払ってふところに入れ、さくらの小さな体を抱きあげた。

「足元がこんなあんばいでは歩けまい」

さくらの体は驚くほど軽かった。

二人ならんで走っていたときよりも、顔がずっと近くなっている。

さくらの顔を見ていると全身に力が湧いてきた。

女とは、これほどまでに男を力づけてくれるものなのか。

「殿さまと結ばれることができて、さくらは本当に幸せ者です」

思いがけぬさくらの言葉に紋四郎は絶句した。

「殿さま……」

さくらは紋四郎の首に手を巻きつけてきた。

雨に濡れたさくらの顔がそっとほころんだ。

第九章　陰の運命

一

屋敷にもどると、すぐみさを呼んで布団を敷かせ、さくらを寝かせた。

のりが枕元に座って心配そうに紋四郎たちを見ている。

雨戸を閉めきった寝間は、激しい雨を忘れそうになるほど静かだった。

瞼《まぶた》を閉じかけたさくらは今にも眠りに落ちそうだったが、思いだしたように眼を見開いて紋四郎に問いかけてきた。

まるで童のようである。

「お義父《とう》さまは、ずいぶんひどい事をおっしゃってました。なぜ、あれほどまでに殿さまのことを嫌われるのでしょうか」

今日は、とんだ親子の修羅場を見せてしまった。

しかし今さら隠しだてしても致し方ない。

「それがしも童のころより父が嫌いだった。いやな想い出は数えきれぬほどある。今日に限らず、いつも憎しみを感じていた。しかし父子とは不思議なもの。なにをされても言われても、心のどこかで父を慕う気持ちがある……」

おのれを亡き者にしようとした相手を慕うというのだから、愚かにもほどがあると自分でも思う。

紋四郎は、今まで考えるのを避けてきた胸のわだかまりを、すんなりと口に出せたので驚いていた。

「切っても切れない父子の絆があるんでしょうか」

「たぶんな……」

紋四郎にもよくわからなかった。

さくらは気持ちが落ちついたのか、そのままぐっすり眠ってしまった。

紋四郎は、剣死郎が心配だった。

蝶丸を相手に果たして勝つことができただろうか。

それを確かめるためにも、大三郎の屋敷にもどらなければならないと思った。

さくらが安らかな寝息をたてはじめてからしばらくして、幻蔵の声が響いてきた。

「なかなかの見物だったな。さくらは、おまえの女房にしておくのはもったいないほど良き心根の持ち主だな」

幻蔵の声を聞いて紋四郎の心はざわりと大きく波立った。

幻蔵は寝間まで見張っているのか。

驚く以上に、ほとんどあきれ果てていた。

困ったとき手助けしてほしいとは思わぬが、どこまでも高みの見物をされているのかと思うと無性に腹が立った。

「おぬしと話すことなどない。それがしは、これから父の屋敷にもどる」

思わず反発心が声ににじみでる。

幻蔵の姿が寝間の隅にすっと浮かびあがった。

「もどって剣死郎を助けようというのか」

「蝶丸は手強い。兄者でも苦戦はまぬがれまい」

駆けつけて剣死郎とともに戦うのだ。

敗れれば、それまでのこと。

そして、勝てば大三郎と約束したとおり、みずからの刃で果てる。

「殊勝な心がけだが、もどっても無駄だ」

「どういう意味だ」

「おそらく剣死郎は、もはやこの世にはおらぬであろう」

幻蔵らしくもなく声音からは哀感がにじみでていた。

「それがしとさくらを守るために命を捨てたというのか」

「剣死郎は、このわしもおよばぬくらいさまざまな忍びの技を身につけておる。本来ならば、たとえ蝶丸が相手でも、負けるはずはない」

「ならばなぜ、兄者が死んだような言い方をするのか」

幻蔵は無念そうに眼を閉じ、ひと呼吸おいてふたたび眼を見開いた。

「人には、それぞれ抗《あらが》うことのできない運命《さだめ》というものがある。実力はまさっていても、勝てぬときがあるのだ。そうだな、ひと月前なら間違いなく勝てただろう……それを思うと命の移ろいが恨めしい」

いつものごとく押しつけがましい、よく響く声だった。

ただ眼光がいつもと違い、悲しげに見えた。

「いったい、兄者になにがあったと言うのだ」

「人はすべて抗うことのできない宿命を背負っている。紋四郎、おまえとて同じだ。剣死郎は比する者なきほど強靭《きょうじん》な心と体力の持ち主だった。何度も危ない橋を見事に渡ってきた。だが、その剣死郎にしても、渡ることのできぬ橋があるのだ。そして剣死郎は、おのれの宿命を受けいれた。あくまでも剣に死することを欲したのだ」

またしても妄言を弄《ろう》して紋四郎をはぐらかそうとしているのか。

戸惑う紋四郎を無視して幻蔵は話を打ち切った。

「剣死郎の話はここまでだ。次の仕置きが決まったぞ。それを伝えに来たのだ。上さまからの至急の命だ。それゆえ今宵は寝間まで参上した。一刻の猶予も許されぬぞ」

「おぬしも知ってのとおり、石川家の家督は光之進に引きついだ。もはや、それがしに陰仕えの命を伝えても詮なきこと」

紋四郎は言いかえした。

「そうはいかぬ。おまえは相変わらず陰仕えのままぞ」

「なにを言う。それがしと父のやりとりは、おぬしも聞いたはず」

幻蔵はぞっとするような笑みを浮かべた。

「いいか、あの男は、おまえの実の父親ではない」

突然の発言に、紋四郎は声を失った。

想像だにしていなかった言葉だった。

幻蔵はいかなる魂胆でかくなる戯れ言を口にするのか。

またもや自分を愚弄して嘲笑うつもりなのか……。

「ゆえに、おまえが大三郎とかわした約束など意味をなさぬ」

紋四郎の心は激しく揺れた。

「真実《まこと》を教える義務なぞわしにはないが、こたび、おまえが大三郎の妄言に縛られて腹など切れば、わしは上さまに申し開きできなくなるからな」

「納得できぬ。またもや、それがしを丸めこもうとしておるのではあるまいな」

思いもよらぬ話の展開に、紋四郎の想いは千々に乱れる。

「童のころよりの大三郎のおまえに対するふるまいを想い起こせば、おのずと知れたことであろうが」

「うっ……」

紋四郎は幻蔵の眼から顔をそらした。

たしかに大三郎は光之進を溺愛する一方、紋四郎にはとことん辛くあたってきた。

そのうえ理不尽にも髷にかこつけて、石川家の家督を一日も早く光之進に譲るよう、ことあるごとに迫ってきた。

しかし――

だからと言って、これまで父親と信じてきた男を、突然そうではないと言われても、容易く受けいれられるものではない。

顔をそらしたままの紋四郎に、幻蔵は冷たい声で追い打ちをかけてきた。

「おまえが大三郎を父親と信じたいならば、それもよし。されど、陰仕えの務めは果たしてもらわねばならぬ」

その断固たる口調を聞いて、紋四郎はようやく幻蔵の言わんとすることに気がついた。

こたびの仕置きの相手は、当の石川大三郎なのである。

幻蔵は今回の陰仕えの命を伝えることに、ためらいや迷いを感じないのか。

大三郎が紋四郎の父親でないにせよ、大三郎と幻蔵は血を分けた兄弟のはず。

紋四郎がそれを問おうとして視線をもどしたときには、幻蔵の姿は跡形もなく消えていた。

いつものように後味の悪い退場であった。

さくらは幻蔵との問答に気づくこともなく、すやすやと安らかな寝息をたてている。

紋四郎はさくらの頬をそっと撫でてから立ちあがった。

(急がねばならぬ)

なにより剣死郎が心配だった。

ただし、大三郎と顔をあわせたとき、おのれがどうなるか。紋四郎は予想もつかなかった。

二

激しい風雨が相変わらず吹き荒れていた。

大粒の雨が鉛色の空から濁流を思わせる瀑音《ばくおん》を放って落ちてきていた。

稽古場のなかは日中とは思えない薄闇に包まれていた。

板の間の中央に、筋骨隆々たる肉体をむきだしにした褌姿の蝶丸が仁王立ちし、三間離れたところに野良着姿の剣死郎が両手をかまえて対峙していた。

「あんた、よく見ればなかなかいい男じゃないか。殺すのがもったいないくらいだよ」

蝶丸が唇を舐めながら、ねっとりとした口調で言う。

剣死郎は鼻で笑って言いかえした。

「過分のお褒めの言葉ありがたいが、俺は中途半端が嫌いでね。おまえさんは、男なのかい？　それとも女なのかい？」

「女が相手のときは男さ。男が相手のときは女だよ。だから今は女さ」

鼓膜《こまく》にまとわりつくような淫靡《いんび》な響きのある声だった。

「男でもあり女でもあるってことかい。ということは化け物みたいなもんだな。それでは、化け物退治をさせてもらうとするか」

「女を可愛がるのも、男に可愛がられるのもいいもんさ。それを化け物とは、ずいぶん失礼な言い草だね。やっぱり殺したくなったよ。いやというほど可愛がってやるよ」

閃光が幾条も疾《はし》り、凄まじい雷鳴が轟いた。

稽古場の空気がびりびりと震える。

「おまえさんの流儀は、この眼でしかと見せてもらった。同じ手を食わないのが、俺の流儀でね」

そう言って剣死郎は、その場に座りこむがごとく膝を折って身をかがめた。

たたみこんで蓄えた膂力《りょりょく》を、一気に解き放って横ざまに跳躍する。

一瞬、姿を消したように見えた。

横ざまに跳んで両手で着地するや、ふたたび跳び、宙から蝶丸にむかって棒手裏剣を連投した。

ごおっと強風が音をたてて吹きすさび、格子窓からは桶《おけ》で流しこまれたように雨水がどっと吹きこんできた。

蝶丸は棒手裏剣を難なくかわすと不敵に嗤った。

「ほう、おまえは忍びかい。面白いじゃないか。だが、なにをしようと、あたしにゃあ通用しないよ」

そう言いながら蝶丸は天井の隅を見あげた。

そこには剣死郎が四肢《しし》を広げて張りついていた。

ふたたび剣死郎は跳びながら棒手裏剣を放つ。

蝶丸は今度は掌ではたき落とした。

憎たらしいほど落ち着きはらっている。

ゆっくりとした足取りで剣死郎のあとを追う。

「だから言ってるだろ。なにをしたって無駄だって」

「それはどうかな」

稽古場の空気の流れが乱れた。

それは吹きすさぶ風雨のせいではなかった。

剣死郎は、まるで壁づたいに横走りしているように見えた。

蝶丸の頭上から棒手裏剣を浴びせかける。

鈍い光を帯びた刃先が蝶丸を襲う。

「ふん」

蝶丸は、あらかじめ棒手裏剣の飛んでくる方角がわかっていたかのように難なく掌ではたき落とした。

「あたしに鎧徹しを使わせないつもりなんだろうけど、遠当てで勝とうなんて甘いよ」

「なにもかも見ぬいているつもりのおまえさんの方こそ、甘いんだよ」

言葉の語尾に重ねるように、次の棒手裏剣が放たれた。

今度は蝶丸の右肩狙いだ。

さらにもう一投、蝶丸の喉仏を狙いすました棒手裏剣が放たれた。

剣死郎は稽古場のなかを縦横無尽に飛びまわって、ありとあらゆる角度から棒手裏剣を浴びせかけた。

蝶丸は左半身、右半身と体をさばきながら両手を振るって次々と打ち落としていく。

まるで千手観音のようだった。

格子窓から吹きこむ水飛沫《みずしぶき》のなかで、ふたつの黒い影が舞い踊っているように見えた。

「あんたの姿が見えなくても、あたしには手裏剣がどこから飛んでくるのかわかるのさ。棒手裏剣は、あと何本残ってるんだい。そろそろお仕舞いにしようじゃないか」

「それは、こちらも望むところさ」

「どうあがいたって、あたしにゃ勝てないよ。あたしは千の眼を持っているのさ。そして千の腕もね。早くあんたが悶え苦しんで死んでいく顔を見たいよ。なんとも言えない色気があるんだろうね」

「そいつは無理だ。おまえさんが悶え死ぬのが先さ」

暗闇のなかから剣死郎が笑った。

「ん？　あんた……息が乱れてるじゃないか。喉を通りぬける息の音が聞こえるよ。変な音が混じってるね」

まだ豪雨も雷鳴もいっこうに収まってはいない。

それでいて蝶丸には、剣死郎の息の音が聞こえると言うのだ。

異常に優れた聴覚と言うほかない。

ふと生まれた沈黙を埋めるかのように、蝶丸の死角を狙って棒手裏剣が飛んできた。

蝶丸は軽く横に跳んだ。

ゴツッと音をたてて鋭い刃先が板の間に突き刺さる。

「諦めの悪い男だねえ」

「ふふ、そう言うおまえさんこそ。そろそろけりをつけてやるぜ。避けることのできない手裏剣があることを教えてやるぜ」

「焦らさないで早く奥の手を拝ませておくれ」

「呑気に笑っていられるのも、今のうちさ」

またもや棒手裏剣が放たれた。

「無駄なのがわからな……あっ……」

蝶丸の声がとまった。

掌で払ったつもりが、別の手裏剣が蝶丸の腕をかすめていた。

筋となった傷から赤い血がにじむ。

「こ、これは……」

「二本打ちだよ。一度に一本だけしか投げられないと思ったら大間違いさ」

蝶丸の読みの勘がいかに鋭くとも、飛来する手裏剣の本数までは読めない。

「くっ」

険しい顔つきとなった蝶丸に剣死郎が告げた。

「さて、次は何本お見舞いしようかな」

稲光が格子窓から射しこみ、剣死郎が握った四本の棒手裏剣が映しだされた。

雷鳴があとを追うように轟いた。

暗闇を裂くように幾条もの棒手裏剣が飛ぶ。

蝶丸は懸命に両手を振るって棒手裏剣をさばいたが、太腿を削られた。浅からぬ傷口からじわりと血がしたたり落ちてくる。

「とどめは六本打ちだ」

剣死郎は棒手裏剣を三本ずつ左右の指につがえて、耳横に持ちあげた。すっと息を吸いこむ——

ところがそこで激しい咳に見舞われた。

ゴホッ、ゴホッ……

さらにゲボッと口から血の塊を吐きだした。

蝶丸が勝ち誇った顔で口を開いた。

「やっぱりね。おかしいと思ったんだよ。あんたは労咳《ろうがい》だね。つくづく運の悪い男だね」

剣死郎は咳こみながら蝶丸の真正面に姿をさらしていた。

蝶丸が音もなく迫ってくる。

どすりと拳を腹に浴びた。

拳があたる刹那《せつな》、体をひねって力のおよぶ角度を臓腑から逃したものの、それでも鎧徹しの威力は凄まじいものだった。

剣死郎は臓腑が引き裂かれるのを感じた。

残る力を振りしぼって低い姿勢で走りだし、稽古場から転がるように跳びでた。

「ほほ、まるで逃げ鼠だね。だけど、これでお仕舞い。あれじゃあ助かりっこない」

蝶丸は高らかに笑いながら、あとを追おうともしなかった。

三

豪雨のなか、紋四郎は荏原郡谷山村にある大三郎の屋敷にむかっていた。

風にあおられて笠は吹っ飛び、柿渋を塗りこんだ合羽《かっぱ》もすでに役に立たなくなっていた。

叩きつけるような雨が着物の奥まで染みこんでいる。

道の両側に広がる藪《やぶ》がざわざわと騒ぎ、強風にへし折られた枝葉が地面に転がっていた。

大三郎の屋敷からそう遠くないところに目黒川が流れており、これまでも豪雨が降るたびに氾濫しては付近一帯を水浸しにしていた。

（こたびも目黒川が氾濫しなければよいが……）

風雨で朧ろとなった視界の先に、ようやく大三郎の屋敷が見えてきた。

もうすぐだと思ったとたん、藪から小石が飛んできた。

小石の飛んできた方角に目をやると、

「……俺だよ……」

息も切れ切れの声が藪から聞こえてきた。

紋四郎はいやな予感がした。

藪に足を踏みいれると、血の気を失って青白い顔をした剣死郎があおむけに横たわっていた。

「兄者……」

「ちくしょう……不覚をとっちまった……」

苦しげな声が返ってくる。

紋四郎は剣死郎を抱き起こそうとしたが、ぐったりとした体は予想以上に重たかった。

なんとか上体を抱き起こすと、剣死郎は情けなさそうに苦笑いした。

「蝶丸の鎧徹しはきいたぜ……」

「兄者、しっかりしろ。父上たちは、今どこに」

剣死郎はしばし咳こんだのち口を開いた。

「……万民たちと……薩摩屋敷にむかった……」

紋四郎は剣死郎の顔をのぞきこんだが、もはや焦点が定まらぬようだった。

「大三郎を追え……きゃつは万民の手引きで……薩摩屋敷に逃げこもうとしている」

そうなれば、公儀も手を出しにくくなってしまう。

ここから薩摩屋敷までは目と鼻の先だ。

一刻の猶予もままならない。

紋四郎は覚悟を決めなければならなかった。

「兄者、必ず迎えに来るから死ぬなよ」

胸が張り裂けそうだった。

剣死郎の命の灯火が消えかかっているのは一目瞭然だった。

「よく聞け、紋四郎……早く一人前の陰仕えになれ……おまえさんが腰にさしているのは……おかしらが上さまから賜った本物の虎徹。おかしらから俺にまわってきたのだ。悪戯心を起こし、おまえさんの虎徹と取り替えてしまったが……俺の形見だと思って大切にしてくれ……ともに戦う同志だと思ってな」

剣死郎は激しく咳こみ、口から鮮血を吐きだした。

「それ以上しゃべるな」

「もうお仕舞いさ……皮肉なもので、労咳だとわかってから、おまえさんを助けることになったんだ。だから、おまえさんに……兄として名乗りでたくなってな……」

剣死郎は紋四郎の声がもはや聞こえないのか、あるいはあえて無視したのか、言葉をつづけた。

「おかしらには、おまえさんに名乗りでることを……許してもらえなかった……」

「兄者、話はもういい。早く手当てせねば」

「手当てなんか無駄だ……おまえさんに言わねばならないことが……ふたつ残っている……」

そう言いつつ、剣死郎はまた咳こんだ。

もはや吐血はとまらなかった。

口のまわりは血だらけだった。

「ひとつ目は陰組《かげぐみ》のことだ……陰組には六人の忍びがいる……大三郎はこの者たちを手足のようにつかい……大名や商人の内情を探っていた」

紋四郎は、旅の修行僧を思いだした。

「大三郎が薩摩屋敷に入ってしまえば……陰組も薩摩の手に渡ってしまう」

薩摩藩は、優れた諜報機関を丸ごと手に入れるつもりなのだろう。

「それゆえ、大三郎の仕置きを急がなくては……すべてをおまえに……ゆだねるしかない……」

そこまで言うと剣死郎は顔をゆがめ、がくっとうなだれた。

「兄者、しっかりしろ」

体を揺さぶると、弱々しく顔を持ちあげ、虚ろになった眼で笑いかける。

「あとひとつ……おまえさんの父親は……おかしらだよ」

「な……なんと」

紋四郎は声をひきつらせた。

「おまえさんと俺は……おかしらと母者の不義の子なのさ。俺たちは双子だったんだ。大三郎とおかしらも双子だ……双子同士の確執なぞ洒落にもならんが……だから、おかしらには大三郎に引け目があったんだ……」

次々と明かされる事実に、紋四郎は言葉もなかった。

幻蔵が大三郎の暴走を許してしまった理由《わけ》もわかった。

剣死郎の目にわずかに残されていた命の灯火が静かに消えようとしていた。

「……あとは……頼んだぜ……」

言葉はそこで切れた。

剣死郎はすべてを語り終えて満足したのか、安らかな顔で息絶えていた。

紋四郎は剣死郎の体を横たえ、無言で立ちあがった。

水溜まりにおのれの顔が映っている。

涙ににじんだ顔は憤怒の仁王のように見えた。

四

横殴りの雨は、ますます激しさを増していた。

紋四郎は雨に煙る冠木門の前に立った。

屋敷の気配を探りながら足を踏みいれる。

雨と風の音にさえぎられて、母屋のなかの様子はまったくわからない。

庭のあちこちに水溜まりができていて、母屋の雨樋《あまどい》から溢れだした雨水が軒下の地面をバシャバシャと叩いていた。

母屋の戸口に人の気配はなかった。

中に入って稽古場の戸口に立つと、あたかも紋四郎を待ちかねていたかのように蝶丸が座していた。

「あんたも物好きだねえ。のこのこと舞いもどってくるとは」

「おぬしの相手をしている間はない。光之進はどうした」

「とっくの昔に逃げだしたよ」

(やはり薩摩屋敷か……)

紋四郎はすぐさま追いかけようとしたが、蝶丸が制止した。

「ちょいと待ちなよ。あんたもいい男だから相手してあげる。仲間の仇を討ちたくはないのかい」

蝶丸の鋭い殺気が矢のように紋四郎の背中に突き刺さった。

紋四郎が振りかえると、おもむろに立ちあがった蝶丸は、満足そうに舌なめずりしながら近づいてきた。

それまで肩ひじ張っていた蝶丸が、突然ふわりと身を低くして構える。

体重というものが、なくなってしまったように見えた。

重心をどこに置いているのかわからないからだ。

かつて師の平山行蔵から、重心を分散させることで、すべての攻撃に備えることができると教わった。

重心の置かれたところにこそ、敵に突きこまれる隙が生じるからだ。

すなわち重心を分散させることで、敵は攻め所を失うことになる。

その理を、蝶丸は紋四郎の目の前でやすやすと体現してみせていた。

「蝶丸とやら、おぬしはなぜ同心殺しなどしたのだ」

蝶丸は口を閉ざしたまま、にやりと嗤った。

紋四郎は蝶丸の攻め所が見つからなかったが、さりとて徒手空拳のまま蝶丸に討たれるつもりもなかった。

だが、こともあろうにこの期におよんで左肩がこれまでにないほど痛みだした。

「むっ……」

激痛をこらえながらでは斬撃《ざんげき》の速さは鈍り、刀の振りもぶれてしまう。

そのとき紋四郎の脳裏に閃《ひらめ》くものがあった。

蝶丸が刀を持つ者を相手にして、無手で勝つ理由に思いあたったからである。

それは、ひと言で言ってしまえば「読み」だ。

相手の動きを事前に察知できるからこそ、おのれが無手でも自在に対処することができるのだろう。

武術をたしなむ者にとって「読み」は「間合」とともに欠かせない要件だ。

武術においては誰しも相手の構え、体力と体調、流派など、ありとあらゆる要件を勘案して次の動きを読む。

蝶丸の場合は、その「読み」の能力が超人的に優れているのではないか。

おそらく相手が「斬る」と考えた瞬間に、それを察知しているにちがいない。

そうでなければ、相手のふところに入って柄先を押さえこむなどできるはずがなく、紋四郎の居合を封じることができるはずもなかった。

ならば、こちらはどう出ればいいのか。

蝶丸の「読み」をさらに超えた「読み」で、相手の意表を衝く——これしかないだろう。

読まれることを読んで、仕掛けるのである。

五

「もう一度だけ問う。なぜ同心殺しなどしたのだ」

紋四郎が右手を柄に運びながら叫ぶと、蝶丸は嘲けるように笑った。

「ほほ、あんたなんかに教えてやらないよ。何度訊かれたってね。あんたは鞘から刀を抜くことすらできないまま、あたしの拳を浴びて死ぬのさ」

「おまえの手のうちはわかっている。同じ手には乗らぬと言ったらどうする」

「何度でも同じ手に乗せてやるだけさ」

蝶丸は強気に断言した。

たしかに武器のつかい方、体のさばき方が勘所であれば、対策のほどこしようがある。だが蝶丸の場合、相手の心に生じたほんのわずかな波を察知したうえでの攻撃であった。

それをうわまわるのは、至難の技だろう。

「斬る」と意識するにせよ、しないにせよ、斬るときは、その動作を引き起こす前提となる心の波が肉体のどこかに表れているにちがいない。

それを察知して、相手が攻撃を仕掛ける寸前に制してしまうのだから、相手はどうすることもできないのである。

つまり蝶丸は戦う以前に、すでに勝利を手にしているのだ。

強風がごおっと稽古場全体に吹きよせ、格子窓から雨が雪崩《なだ》れこんできた。

あっというまに板の間の各所に大きな水溜まりができた。

紋四郎はずわりと横に動いた。

正対する蝶丸もそれに応じて、二人で円を描くように移動した。

蝶丸の足が濡れた板の間にかかった。

突然、蝶丸は嗤いだした。

「ほほ、濡れた板の間にあたしを誘いだして、足元をおぼつかなくさせようってわけかい。ずいぶんとまぬけな策だね。浅知恵もいいかげんにしてもらいたいもんだよ」

紋四郎は答えなかった。

「黙っているところをみると、図星かい」

「それはどうかな」

紋四郎はそう言い放つと同時に、ぐっと間合をつめた。

「ふふ、どこまでも愚かな奴」

蝶丸の嘲笑まじりの声が稽古場に響いた。

紋四郎は、今ぞとばかり刀を抜きにかかる。

だがそのときには、すでに柄先に飛びこんできた蝶丸の手がかかり、抜くことができなかった。

「馬鹿だねえ。だから言っ……」

ずばっという肉を断つ鈍い音がして、蝶丸は絶句した。

紋四郎にむけて構えていた拳が、だらりと垂れさがった。

「な、なに……なにが起きたの？」

蝶丸の美しい顔が驚愕《きょうがく》にゆがんでいる。

「それがしの腕は、痛みのあまりまともに刀を抜くことすらできぬ」

「なんだって……居合は……囮《おとり》だったって言うのかい……そんなの……ずるいよ」

「兵とは詭道《きどう》なり。剣の道にずるさなどない」

紋四郎は、居合抜きをすると見せて、脇差で蝶丸の胴を薙《な》いでいた。

刀を抜くという心の波は同じだったが、抜く刀が違っていた。

蝶丸がみずから紋四郎のふところに入ってきてくれたおかげで、脇差で斬ることができたのである。

蝶丸は口から血を噴いて、板の間に倒れ伏した。

筋骨隆々たる運慶の仁王像のような体形であったが、肌の色は真っ白であった。

格子窓から吹きこんでくる雨がその全身にかかり、血を洗い流していく。

「兄者……脇差とはいえ、兄者の虎徹の切れ味、見事でした。それがしは、この兄者の虎徹で父上と闘います。兄者も一緒に戦ってください」

閃光と雷鳴がふたたび轟いて、稽古場全体を震わせた。

大小の虎徹もびりびりと震えて紋四郎の闘志を鼓舞してくれているようであった。

紋四郎は稽古場を出て、薩摩屋敷にむかう大三郎たちを追った。

第十章　陰の掟

一

豪雨のなか屋敷を出て西にむかうと、すぐに目黒川に突きあたった。

紋四郎は迷うことなく境橋《さかいばし》を渡る。

降りしきる雨を集めて目黒川は激しく波立ち、荒々しい波音をたてて流れていた。

すでに橋の真下まで流れはあがってきており、今にも溢れださんばかりの勢いだった。

橋脚には、上流から流されてきた木の枝が引っかかり、それらが重なりあって堰《せき》のように水流をくいとめはじめていた。

これでは徒《いたずら》に水かさが増すばかりである。

やがて水流は土手を乗りこえて溢れだすだろう。

水流はさらに土手を崩し、途方もない量の川水が怒濤のごとく暴れまわるのだろうか。

境橋を渡ったところに三つ辻があった。

紋四郎は右に曲がり、下大崎村《しもおおさきむら》の田地を東西に貫く道を東にむかって進んだ。

この道は目黒川に沿ってつづいており、黒々とした濁流の荒れ狂う川面が、右手に見えている。

四町ほど進んだ先に、大崎橋につながる道があった。

薩摩屋敷をめざす大三郎たちは、その道を北にむかうはずであった。

風雨は強まるばかりである。

初夏とはいえ雨は冷たく、吹きつける風で全身が冷えきっている。

紋四郎は合羽もつけず、全身びしょ濡れになって闇雲に走った。

いた――

朧ろな視界のなか、大崎橋につながる道の手前に荷車と一緒に進む人影を見つけた。

道がもっとも目黒川に近づいているところだった。

大三郎たちは泥道のぬかるみに足を取られ、進むのに難儀しているようだ。

紋四郎は足を速めて人影に迫った。

あたりには目黒川の激しい波音が響きわたっている。

「待たれよ」

大声で叫ぶと、人影の動きがとまった。

数人の荷運び人夫とともに、大三郎と光之進、そして安藤万民がいた。

豪雨のさなか、突然現れた紋四郎が強盗にでも見えたのだろうか、荷運び人夫たちは悲鳴をあげて逃げていった。

「まだ生きておったか。しぶとい奴め」

紋四郎の姿を見ても、大三郎はたじろがなかった。

いつもと変わらぬ落ち着きぶりだった。

「お命ちょうだいつかまつります」

紋四郎は短く叫んだ。

「ほう、おまえのような腰ぬけにわしが斬れるかな」

「薩摩藩に行かせるわけにはまいりませぬ」

大三郎は苦笑した。

「知っておったか。それで、わしを斬ると言うのだな」

「父上、なにゆえかくも大それたことを……哀しゅうございます」

本心からの言葉だった。

紋四郎は、これから本当に大三郎と刃をあわせるのか、自分でもまだ信じられぬ気持ちだった。

大三郎が笠のしたからギラリと輝く眼をのぞかせて紋四郎を罵倒する。

その背後では、顔をひきつらせた安藤万民と光之進がたじろいでいる。

「おまえごときに、なにがわかる。紋四郎、その情けない顔はなんだ。これから父親を斬ろうとする親不孝者の顔か。まだまだ甘いな。わしは違うぞ。わしは、おまえをなんのためらいもなく斬れる。たとえ、まことのわが子であったとしてもな」

大三郎は笠を取り、合羽を脱ぎ捨てて刀を抜いた。

「わしの剣の技が勝るか、それともおまえの居合か。今日こそ決着をつけようぞ」

土砂降りの雨のなか、大三郎の刃が妖しい光を放つ。

紋四郎は黙したまま柄を握り、じわりと鯉口を切った。

「おまえは肩を痛めておる。逃げだすのなら、今のうちだぞ」

大三郎はなにかに酔っているように饒舌《じょうぜつ》であった。

足元では水流が渦を巻いてうねりはじめている。

目黒川が溢れたのだ。

見るまに川面が堤を乗りこえてくる。

豪雨は降りやむ気配がまったくない。

もはや濁流が土手を崩すのに、それほど刻を要しないであろう。

足元の水の流れは速く、気を抜けば足を取られそうになる。

「早くかかってこい。ぐずぐずしておれば、水と戦わねばならなくなるぞ」

紋四郎は身構え、大三郎との間合を測った。

八年前、平山行蔵が道場を閉めて以来、大三郎とは手あわせしたことがなかった。

今にして思えば、おのれの技を教えたくないために、大三郎は紋四郎との稽古を避けていたのかもしれない。

それぐらいのことは平気でしかねない男なのだ。

大三郎は左足を引いて半身となり、右肩を突きだした。

柄頭を紋四郎にむけて、刀身を後ろに寝かせた。

左手をそっと刀身に添え、腰の高さで刀をとめた。

紋四郎からは刀身がほとんど見えなかった。

これでは間合を測ることができない。

大三郎はその構えのまま、じわじわと近づいてきた。

「しぇっ」

かけ声とともに、大三郎は真上に大きく跳びあがった。

同時に剣尖が高く突きあげられ、一気に振りおろされた。

大三郎の刀は特別に長いというわけでない。

切っ先が紋四郎に届くとは思えなかった。

ところが実際には、刀の切っ先が紋四郎の頭上に落ちてきたのである。

紋四郎は思いきり後方に跳びすさった。

着地したところで、勢いよく流れる濁流に足を取られてしまい尻もちをつく。

水飛沫があがる。

腰まで水に浸かってしまった。

すぐさま起きあがって大三郎の手元を見れば、柄頭ぎりぎりを片手で握っていた。

これなら両手で柄を握って振りおろした場合より、十寸先に切っ先が届くはずだった。

狡猾《こうかつ》な大三郎らしい意表を衝く斬撃だった。

紋四郎はかわしきったと思ったが、痛めていた左肩を浅く斬られていた。

「ふふ、兵とは詭道なり。勝負の決め手は、相手の意表を衝くことだ。おまえに武術の手ほどきをしたおり、よく教えてやったものだ。覚えておるか」

童のころから大三郎の姑息な剣技を嫌悪していた紋四郎ではあるが、この孫子の言葉は忘れたくとも忘れられなかった。

「剣術とは敵を殺伐《さつばつ》することなり。勝った者が生き残る、それだけのことだ」

大三郎は、父子で教えを仰いだ平山行蔵の言も言いそえた。

紋四郎は、大三郎の弁を聞きすてながら、驚きを禁じえなかった。

大三郎の柄の持ち方などどうでもよかった。

大三郎が刀を振りおろすさい、いささかもその気配を感じさせなかったことに心底、恐怖を感じていた。

大三郎はあまりにも人を斬ることに慣れているようであった。

蝶丸同様、紋四郎もそれなりに相手の気配を感じとって剣を構えていた。

ところが大三郎は、人を斬り慣れているせいか、動きだす気配がまったく読みとれなかったのだ。

すなわち次の太刀も、どう振ってくるか、まったく読めないということになる。

紋四郎は全身の毛穴が開くのを感じた。

濁流はどんどん水かさを増し、すでに膝下まで来ている。

流れも速くなっている。

大三郎が足元の水を蹴散らしながら刀を突いてきた。

かなりの水の抵抗があるはずだが物ともしない。

両手で握った刀をうねるように回転させ、まさに縦横無尽に振るう。

紋四郎はかわすのに精いっぱいで、居合を抜くすきを見つけることができなかった。

さらに――

紋四郎があとずさりして間合をとると、大三郎は刀を左手一本に持ちかえ、右手でさっと手裏剣を放ったのである。

一度に三本もの棒手裏剣が雨の幕を突き破るようにして飛んできた。

紋四郎は体を半身にして手裏剣を打ち落としたが、刀で弾かれた三本のうちの一本が右腿に突き刺さった。

「うっ……」

ずきずきと傷口が痛む。

手裏剣には毒が塗ってあった。

紋四郎は痺《しび》れが右足全体に広がるのを感じた。

膝に力が入らなくなり、ざぶりと水流にひざまずく。

そのまま流されそうになるのを、かろうじて踏みとどまった。

「どうじゃ、毒の味わいは」

「くそっ」

紋四郎は、ふらつきながら水のなかから立ちあがった。

「わしは勝つためには、手段を選ばぬ。おまえは、わしの片手斬りを逃げ足早くかわしおった。だから今度は、そのこしゃくな足を封じてやったまでだ」

紋四郎の動きが鈍るのを嗤うと、大三郎はざぶざぶと間合をつめてきた。

「紋四郎、わしの顔をよく見よ」

と叫ぶ。

紋四郎は、言われるままに大三郎の顔を凝視した。

すると大三郎の頬がふくらみ、唇がとがった。

ブシュッという音とともに、黄色い汁が口から飛びだしてきた。

「うわっ……」

紋四郎はまともに顔に目潰しを受け、思わず声をあげた。

「はは、どこまでも馬鹿なやつ。敵の言うがまま顔を突きだしおって」

左肩の痛みが激しくなってきていた。

手裏剣の毒で右足全体が痺れている。

さらに視界を失って、大三郎の居場所も動きもわからなくなった。

大三郎は勝ち誇ったように笑いながら、光之進に話しかけた。

「光之進、紋四郎にとどめを刺せ」

光之進は素っ頓狂な声で返事した。

「め、滅相もございませぬ。ここはすべて父上におまかせいたしたく存じます」

すでに濁流は腰のしたまで来ている。

光之進の胸中は、土手の決壊が気になって、早く逃げだしたくてしかたがないのだ。

「紋四郎、そういうわけじゃ。覚悟しろ」

ざぶんざぶんと水音をたてながら、大三郎が突進してくる。

水音は聞こえても、間合はわからない。

もはや、これまでか――

虎徹の柄と鞘を握りしめながら紋四郎が観念したとき、虎徹が唸り声をあげたような気がした。

(……兄者、諦めるなと言うのか……)

紋四郎は視界を奪われながらも虎徹を抜き放ち、上段に高々と振りあげた。

剣死郎の「虎徹にまかせりゃいいのさ」という声のままに息をとめた。

虎徹は、そうされるのを心待ちにしていたごとく虚空に咆哮した。

「ほう、まだ戦うつもりか。左肩と右足を痛め、なにも見えないというに」

皮膚には雨と水の冷たさしか感じられなかった。
紋四郎は、まず耳に神経を集中した。
そして鼻を鳴らして匂いにも集中した。
激しい雨音に混じって耳元まで伝わってくるかすかな気配に。
今や腰まであがってきた泥水のうえをかすかに漂ってくる大三郎の匂いに。
紋四郎は全身で大三郎の殺気と、刀が放つ独特の冷気を探っていた。
大三郎の両足が濁流を押しのけるたびに空気が揺れた。
風の向きを勘定に入れながら、大三郎の体勢を感じとる。
頭のなかの空洞に大三郎の影のようなものが映しだされたとき、虎徹が自然に動いた。
ゴツリ
手応えとともに、ブシュッという血の噴きあがる鈍い音がした。
重い物が倒れる大きな水音がした。
全身が血の匂いに包まれていた。
雨と風と川の音にまじって大三郎の声が聞こえてきた。
「ば、馬鹿な……おまえには、なにも見えぬはず……」
紋四郎の心は静かだった。

「兄者の虎徹が導いてくれました。そして父上の油断が味方してくれました。それがしは、振りあげた刀を落としただけです」

「ど、どういう意味だ」

「いつもの父上なら、それがしはひと溜まりもなかったでしょう。だが、それがしの目を潰し、動きを封じたことで、父上の心に油断が生じたのです」

大三郎は返事をしなかった。

紋四郎は天を見あげて激しい雨滴を顔に浴びた。

顔にあたる雨滴が眼に入った毒を洗い流してくれる。

大三郎の姿がかろうじて朧ろげに見えてきた。

大三郎は胸まで水に浸かって横たわっている。

紋四郎は、流されそうになる大三郎の手を握っていた。

「油断大敵……最後の最後におまえから教わるとはな……」

父親の言葉に紋四郎はうなずいた。

突如、水の流れが激しさを増した。

ついに土手が決壊したのだ。

大三郎の体が濁流に大きく揺れる。

紋四郎が大三郎の顔をのぞきこむと、大三郎は突如かっと目を大きく見開いて、紋四郎の顔に唾を吐きかけた。

「陰仕えたる者、最後の最後まで油断するべからず」

そう言うや大三郎は紋四郎の手を強く握りかえして引きよせた。

「陰組の引き継ぎ、まだだったな。よいことを教えてやろう。陰組全員におまえと幻蔵を討つよう命じた。首を洗って愉しみに待つがよい」

唖然とする紋四郎の手を振りはらい、大三郎は脇差を抜いてみずから喉をかき切った。

血飛沫が紋四郎の顔を赤く染め、後ろにのけぞった大三郎の体は、あっというまに濁流に呑みこまれてしまった。

大三郎の傲岸な口調だけが紋四郎の耳に残った。

三

紋四郎はむきなおり、万民に迫った。

万民も濁流に流されそうになるのを必死にこらえていた。

光之進の姿はすでになかった。父親を見かぎって先に逃げだしたか。

「親父さまは哀れじゃった。蝶丸もな。モンシロの旦那、どうですか。わたしと手を組みませんか。手を組んで、世のため人のため、世直しをいたしましょう。陰仕えなど時代遅れの虚しい務め。そう思いませんか」

「お断り申す。それがし、おぬしを許すことなど断じてできぬ。覚悟!」

紋四郎は力のかぎり叫んだ。

そのとき――

どどーっ
大量の水塊が紋四郎の横から押しよせてきた。

大崎橋の橋脚のしたに溜まりに溜まった水塊が一気に押しよせてきたのだった。

目の前の万民が濁流に呑みこまれて姿を消した。

紋四郎も流され、泥水のなかでもがいているうちに意識が途絶えた。

第十一章　陰の遺言

一

五日後、江戸の空は嵐が嘘だったように晴れわたっていた。

昼過ぎ、紋四郎は、ひさしぶりに幻蔵と相まみえていた。

場所は三河町一丁目にある薬種屋「大坂屋」の二階、陰仕えとしていつも幻蔵と顔をあわせている密会所だ。

剣死郎に幻蔵こそ実の父親であると知らされてから初めて会う。

大三郎を苦手としていた紋四郎だが、幻蔵もまた苦手だった。

二人がむかいあって座してから、すでに四半刻（三十分）が経過していた。

ともになにも言いだせないまま顔だけ突きあわせていた。

紋四郎は、父親と知った幻蔵をどのように呼んだらいいのかわからず戸惑っていた。

素直に「今日から、父上と呼ばせていただきます」と言おうと思っても、黒々とした太い眉のしたのギラギラした眼を見ると、どうしても言いだせなかった。

幻蔵も珍しく寡黙だった。

剣死郎を失った悲しみは見せようともしなかった。

最初に口を開いたのは幻蔵のほうだった。

「剣死郎から、わしのことを聞いたようだな」

「はい、兄者の最期の言葉でした……兄者を救えなかったのは、一生の不覚……」

紋四郎は、幻蔵に対する自分の言葉づかいがおのずと変わっているのに驚いていた。

「くっ、相変わらず甘いな、紋四郎。大三郎が死に、光之進も姿を消した今となっては、陰仕えの務めを担える者は、おまえ一人だけだ。心して務めよ。しょせん親子の情など、われらにとって無用の長物。陰仕えの務めのみが、われらをつなぐ糸。それは、これまでとなにも変わらぬ」

いつもどおり幻蔵の口調は厳しかった。

父親を父親と呼べぬ理不尽を幻蔵から押しつけられた形だった。

紋四郎は、安堵と落胆を同時に味わった。

もともと幻蔵とはこんな男だったのだと、おのれを慰める。

幻蔵と話すのは、さくらが眠っているときに話をして以来だった。

本当は、そのあとも顔をあわせていたのかもしれない。

さくらによれば、紋四郎は気を失ったまま木立にしがみついていたそうで、それゆえ流されずにすんだというのだが、本当の事実はどうだったのか。

幻蔵が、かつての剣死郎のように絶体絶命の自分を助けてくれたのではないか。

そう思えてならなかったが、幻蔵に問いかけたとて、まともには答えてくれないだろう。

「今日は、おまえに陰仕えのすべての務めを伝えねばならぬ。本来なら大三郎がすべきことだったのじゃが、もはやこの世の者ではない。よってわしがその役目を果たす。よく聞け」

「はっ」

「今日よりおまえは陰組の頭領《とうりょう》となる。頭領は六名の忍びの者をさまざまな場所に送りこんで内密を探らせる。上さまのご安泰に関わる重大事が発覚すれば、頭領はわしを通じて上さまにお伝えするのだ」

「して、その六名の忍びの者たちは……」

紋四郎の問いを最後まで聞きおえる前に、幻蔵は苦虫を噛み潰したように顔をゆがめた。

「おまえも聞いてのとおり、虎視眈々《こしたんたん》とわれらが命を狙っておる。ただし二名の者は、大三郎の謀反を知って離反しようとして、大三郎に斬られた。残り四名のうち一名は先日、わしが返り討ちにした」

「すると残り三名の者どもがわたしたちを狙っているわけですね。しかも、その者たちの正体は、まだわかっていないと」

幻蔵は口を閉ざしたままうなずいた。

息苦しい沈黙が部屋を満たした。

紋四郎は大きく息を吐きだすと口を開いた。

「安藤万民の亡骸はあがったのでしょうか」

「万民はおろか、大三郎と光之進の亡骸も見つかってはおらぬ」

途中で逃げだした光之進は、文字どおり煮ても焼いても食えぬ男だ。

いずれどこかで相まみえることになるであろう。

「あの万民がそう容易く死ぬとは思えませぬ。近いうちにまた、われらの前に姿を現すのでは」

万民が誇らしげに「手を組んで、世のため人のため、世直しをいたしましょう」と語りかけてきたのが忘れられなかった。

幻蔵が空咳をしながら居住まいを正した。

「紋四郎、早急に新たな陰組の人選をせよ。十名ほど紹介するから、そのなかから選べ。頭領としての初仕事だ」

見慣れない幻蔵の爽快な笑顔を見て、紋四郎は身の引きしまる思いがした。

二

十日後、紋四郎とさくらは、荏原郡谷山村にある屋敷でひと休みしていた。

幻蔵の指示にしたがって高輪南町から引っ越したのである。

昼さがり、まだ片づけきらぬ荷物の山に囲まれながら、二人むきあって湯呑みを手にしていた。

「本当に、はらはらいたしましたわ。わたくしが目を覚ますと、殿さまのお姿がなくて。みさに訊ねると、お義父さまの屋敷が大雨で大変なことになりそうなので様子を見に行かれたと」

「それより、屋敷におるよう、あれほどきつく言い聞かせておいたのに、あの日はどうして出かけたのだ。父上に御身の玉簪を見せられたときは肝を冷やしたぞ」

紋四郎はさくらの安穏とした笑顔を見るにつけ、小言のひとつも言わずにはいられなかった。

「嫁入りのとき、武家の妻たる者は、夫に一大事あらば、なにはさておいても運命をともにせねばならぬと、お義母《かあ》さまから何度も言い聞かされておりましたので……お義父さまも光之進さまも、あの洪水で行方知れずになってしまわれたとは。どこかでご無事にいてくだされればよいのですが」

なにも知らないさくらは心底、心配そうな顔で紋四郎を見つめた。

「うむ」

「ところで殿さま、お願いしたき儀がございます」

さくらは湯呑みを置いて、改めて居住まいを正した。

「なんだ、急に改まって。御身らしくないぞ」

いったいどうしたものか、さくらは意を決しかねたように口を開かなかった。

「どうした、早く言わぬか」

さくらはおもむろに両手をついて頭をさげた。

さくらの丸髷には見慣れない青珊瑚の玉簪が挿してあった。

「いろいろご心配をおかけしまして、申し訳ございませんでした。つきましては『よろず難題相談所』は店仕舞いすることにいたしました」

予想外のさくらの文言に紋四郎は心のうちでは驚いていたが、なにくわぬ顔で問いかえす。

「御身の気持ちは相わかった。ところで同心殺しのこと、たか殿にはなんとお伝えしたのじゃ」

「力およばず真相解明にいたらなかったこと、心よりお詫び申しあげました」

まあ、無料にて引きうけた相談ゆえ、それでもよいかと思った。

なにはともあれ、これであの憎《にっく》き国芳めも、わが家に大手を振って出入りすることはままならぬことになったわけである。

「そういえば、近ごろ国芳の顔をとんと見かけぬが、どうしておるのかのう」

わざとらしく紋四郎が訊ねたとたん、さくらは噴きだした。

「殿さまにどうお伝えしたらよいものやら。国芳はさる道場に出入りして、剣の道にめざめたとか申しておったのですが……」

そう言いかけて、さくらは苦しそうに笑いを噛み殺している。

「なに、国芳が剣の道に目覚めただと」

紋四郎は声が裏返りそうになるのを必死にこらえた。

「はい、道場主に剣の才があると褒められたとか。師範代を頼まれたそうで……」

「国芳が……し、師範代……」

考えあぐねたとき、自分の顔が童のようになることを紋四郎は知らない。

紋四郎の困った顔がことのほか好きなさくらは、くすっと笑いながらあとをつづけた。

「はい、それで道場主をまかせる以上、万が一にそなえて十両ほど預からせてほしいと言われ、なけなしの十両を渡してしまったんだそうです」

「そんな馬鹿な話はなかろう」

「そうなんですよ。国芳も、あのときは舞いあがってしまって、どうかしていたと後悔することしきりなんですの」

「絵が売れだして、けっこう羽振りがいいとは聞いていたが」

「はい。で、その道場主とやらは翌日にも出奔して行方知れずとか。以来、国芳は長屋にこもりっぱなしなのでございます」

ひさしぶりに紋四郎は、さくらと声をあわせて笑った。

(愉快、愉快。国芳めの泣きっ面が眼に浮かぶようだ)

「さて、殿さま。さくらはこの荷物の山を今日中に片づけてしまいたいので、これにてご免遊ばせ。殿さまは書斎にお引き揚げくださいませ」

そう言うや、さくらは颯爽《さっそう》と立ちあがって、決闘にむかう侍よろしくたすき掛けを締めなおした。

紋四郎もさくらにあわせて立ちあがった。

なんだか夫婦になったばかりの新婚当初のころにもどったようで、紋四郎は晴れ晴れとした気分だった。

三

その夜、夕餉のあと紋四郎は奥の間で手入れの終わった虎徹の刀身に魅入っていた。

刃紋が命ある生き物のごとく蠢いているように見えた。

刀身に映ったおのれの顔に幼なじみの松本針之介と兄、剣死郎の顔が重なる。

紋四郎は高ぶった気持ちを鎮めるため大きく息を吐いた。

ふと気がつくと、背後にさくらが正座していた。

振りかえって飛びあがらんばかりに驚いている紋四郎を見て、さくらは袖で口元を隠しながら笑いをこらえている。

「殿さま、お願いが……」

「願いなら昼間聞いたばかりではないか。まだ、つづきがあるのか」

さくらは昼間と同じように、なかなか口を開かなかった。

「どうした、早く言わぬか。水くさいぞ」

紋四郎は虎徹を鞘に納めて座りなおした。

「再度あらためまして殿さまにお願いしたき儀がございます」

「相わかった。言うてみい」

紋四郎は毅然と身構えて返事をした。

「さくらに剣術の稽古をつけてほしゅうございます」

「な、なんと……」

さくらがつねづね紋四郎の予想をうわまわる言動に出てくることは百も承知しているつもりだが、まさか剣術修行を言いだすとは……

「こたびの拐《かど》かし《わ》のようなことは二度とあってならぬことと存じますが、万が一ふたたび、かようなことに巻きこまれようとも、慌てふためくことなく対処する術を身につけとうございます」

「わかっていようが、剣の道は生易しいものではないぞ。果たして御身は耐えることができるものやら」

「殿さまのめざす剣の道がなんたるかは、さくらごとき者にはわかりませんが、つねづね、殿さまとわたしは、ふたりぼっちだと仰せではございませんか。ならば――」

さくらの唇がかすかに震えている。

「殿さまが死地に赴かれるおりは、さくらも剣をたずさえてご一緒しとうございます」

紋四郎にむけられたさくらの顔は真剣そのものだった。

なんだか、とんでもない雲行きになってきたと思うものの、さくらの真剣な顔を見るにつけ、とてもではないが断れそうもなかった。

たとえ断ったとしても、それですごすごと引きさがるような女子《おなご》でないことは重々承知の助である。

「よかろう。明日より稽古をつけてしんぜよう」

紋四郎は心のうちでは、なんということを言ってしまったのだろうと後悔していたが、もはや手遅れであった。

ところが、さくらはまだ顔を伏せたままであった。

「どうした……まさか、まだあるのか……」

紋四郎はだんだんいやな予感がしてきた。

今度はなにを言いだされるのかと思うと、動悸が激しくなるのをどうすることもできなくなった。

さくらが、うつむいたまま頬をぽっと赤く染めた。

匂いたつようなうなじが眩いばかりに美しかった。

「……わたくしのお腹に殿さまの子が……」

「なに、それはまことか」

うつむいたままのさくらの丸髷がこくりとうなずき、青珊瑚の玉簪が上下した。

兄、剣死郎を失った喪失感は計り知れなかったが、新たな命の宿りは紋四郎にひと筋の光明をもたらしてくれた。

さっそく幻蔵にも伝えねば。

幻蔵にとっては初孫のはず……

剣死郎を失って、一番辛い思いをしているのは幻蔵であろうから。

もっとも、伝えたところで、うれしそうな顔はけしてしないだろうが。

「未熟者のおまえが父親になるとは笑止千万」

皮肉めいた毒舌を返してくるのは必定……

「さすれば殿さま、わたくしたちの子が産まれたのち、剣の稽古を」

さくらが真顔で言いつのる。

「それまでは、こたびのような危ないめは、お避け願いとう存じます」

「……わかっておる。当たり前ではないか。誰が好んで危ないめなど望もうものか」

「なにとぞよろしくお願い申しあげます。それはそうと、もうひとつお話が……」

「まだ、あるのか」

いつのまにか奥の間に入ってきていたのりが、ニャオンと鳴きながらさくらに頭を撫でられている。

「この子にも子供ができたようでして。夕方、国芳がひさしぶりに顔を出したと思ったら、のりを抱きながら教えてくれたんです」

「なんだと。で、相手はどこの猫だ？」

「のりと同じく毛なみの艶々したとっても綺麗な黒猫ですの。毛がふさふさ生えていて」

毛がふさふさと聞いて、紋四郎は我知らずおのれの鬢を撫でていた。

「そのような黒猫がわが家に出入りしていたとは、つゆ知らなんだ……」

「違います。国芳が連れてきてくれたのです。今は国芳の家にいますけど」

「なに、ひきこもりの国芳の家に。それがしも、その猫を見てみたいものじゃ。屋敷に連れてきなさい」

「よろしいんですか。お怒りになられると思っておりました」

もちろん「お怒り」になっていたが、さくらの笑顔にはかなわなかった。

なんともはや、国芳が連れてきた雄猫に、のりをつがわせたというのか。

猫同士が戯れあう横で、さくらと国芳が顔をそろえて微笑んでいる姿が目に浮かんだ。

「ま、まさか……」

紋四郎は妄想にかられて胸が苦しくなる。

「猫はふた月で子猫を産むそうです。人と同じで臨月は大事にしないといけないって、国芳は明日から毎日、のりの様子を見に来てくれるそうです」

やれやれ国芳のことだ。のりにかこつけて、紋四郎のいない間も平気な顔で屋敷に入りびたるつもりだろう。

のりと国芳が、紋四郎とさくらのふたりぼっちの暮らしに割りこんできてからというもの、やきもきすることばかりである。

紋四郎はやはり猫が好きになれない。